복사꽃 아래로 가는 천년

시작시인선 0301 복사꽃 아래로 가는 천년

1판 1쇄 펴낸날 2019년 8월 9일
지은이 김왕노
펴낸이 이재무
책임편집 박은정
편집디자인 민성돈, 장덕진
펴낸곳 (주)천년의시작
등록번호 제301-2012-033호
등록일자 2006년 1월 10일
주소 (03132) 서울시 종로구 삼일대로32길 36 운현신화타워 502호
전화 02-723-8668
팩스 02-723-8630
홈페이지 www.poempoem.com
이메일 poemsijak@hanmail.net

ISBN 978-89-6021-441-5 04810
      978-89-6021-069-1 04810(세트)

값 10,000원

복사꽃 아래로 가는 천년

김왕노

천년의
시작

고집이 세다. 똥고집이다.
역대급 고집이다.
죽음도 고집을 꺾지 못한다.
첫 시집을 천년의시작에서 내기 시작해
벌써 6번째 시집마저 천년의시작에서 낸다.
시집을 천년 우물물 같은
푸른 시로 채우는 고집도 부렸다.
푸른 시로 채우기 위한 고집은
끝내 휘어지지 않았기 때문이다.

차 례

시인의 말

제1부

제2부

제1부

말 없는 입

저 수심 깊은 곳에 언젠가는
불을 뿜을 휴화산 같은 다문 입들이 있다.
해협에도 섬에도 도심에도 말이 없는 입들이

핵탄두처럼 압축된 말을 머금었으나 결코
말을 하지 않는 입들이
말미잘처럼 강철의 괄약근을 가진 입들이

나는 침묵 속으로 걸어간다.
푸른 말의 예감 속에 무수한 말 없는 입들이
이렇게 그리울 수 없는 것이다.

분명 입이 맞으나 말 없는 입들이

그리울 때마다 울었다

 어제도 울었다. 슬프지 않은데도 울었다. 울 때가 아닌데도 울었다. 울음 한철이 아닌데도 울었다. 울다 잠들면 잠들어도 울었다. 꿈속에 나가 울음이 강물을 이룰 때까지 울었다. 내 안에 수천수만 톤의 울음이 출렁이는 것에 놀라며 울었다. 울려고 태어난 것처럼 울었다. 질 좋은 곡비처럼 찰지게 울었다. 우는 법을 모르며 울었다. 달래도 울었다. 달랠수록 더 울었다. 달래지 않아도 울었다. 달랠 때보다 더 울었다. 울든 말든 세월은 가는데 울음으로 세월의 바퀴를 돌리듯 울었다. 울음의 나라에 온 듯 울음의 백성처럼 울었다. 시도 때도 없이 운 것이 아니라 사실 그리울 때마다 울었다.

복사꽃 아래로 가는 천년

유모차에 유머처럼 늙은 개를 모시고
할머니가 백 년 복사꽃 나무 아래로 간다.
바람이 불자 백 년을 기념해 팡파르를 울리듯
공중에 솟구쳤다가 분분히 휘날리는 복사꽃잎, 꽃잎
백 년 복사꽃 나무 아래로 가는 할머니의 미소가
신라의 수막새에 그려진 천년 미소라
유모차에 유머처럼 앉은 늙은 개의 미소도 천년 미소라
백 년 복사꽃 나무 아래 천년 미소가 복사꽃처럼 피어나간다.
그리운 쪽으로 한 발 두 발 천년이 간다.
유모차를 밀고 가는 할머니 앞에
지퍼가 열리듯이 봄 길 환히 열리고 있다.

붉은 밤

뱀이여. 네가 원죄로 철철 우는 붉은 밤
네 울음을 채찍으로 들고 나를 후려쳐라.
온몸에 감기며 벌겋게 남겨 주는 살점 묻어난
뱀 무늬로 원죄로 우는 너만큼 나도
내 죄를 울며불며 붉은 밤을 건너고 싶다.
걸어온 날을 뒤돌아보면
원죄로 우는 것보다 더 울어야 하는
더 아파해야 하는 나인 것을
울음의 채찍으로 피 걸레가 될 때까지
끝없이 나를 내려쳐라. 참혹에 거침없이 이르게
지금은 붉은 밤의 시간, 원죄로 울기 좋은 밤
너만 울고 나는 울지 못하는 밤이어서
너만 아프고 내가 아프지 않은 것이
더 살 떨리고 뼈저린 일이기에 뱀이여.
울음의 거대한 채찍을 쇠사슬처럼 들고서 쳐라.
휘청거리다 맥없이 내가 쿵 넘어지게
끝없이 후려쳐라, 사정없이 후려쳐라, 뱀이여.

파묘하는 봄

아버지 유골을 화장하려고 파묘하였습니다.

늘 엄격했으나 파락호였던 아버지 말씀은 머리카락 하나로도 남아있지 않았습니다. 뼈 한 벌 남기고 모든 게 떠났으므로, 하지만 아버지 허락 없이 세상에 무엇을 한다는 게 있을 수 없고 아버지 진노해 벌떡 일어날까 멀리서 우는 뻐꾸기 울음마저 조마조마했습니다. 아버지 뼈를 거두는 형의 손길마저 조심스러워 바르르 떨었습니다. 아버지 뼈를 받치는 한지의 부스럭거리는 소리에도 숨을 죽였습니다.

아버지 살아계시며 여기저기 이은 인연, 애써 세운 대의명분마저 하얀 뼈 한 벌로만 남아 누나가 아버지 이렇게 되시려 살아생전 어머니 그렇게 고생시켰냐며 울음을 머금자 어머니가 말리셨습니다. 저놈의 뻐꾸기 네 아버지 성질 몰라 겁 없이 운다는 어머니 말에 눈치 챘는지 뻐꾸기 울음마저 뚝 그쳤습니다. 벚꽃잎만 분분히 파묘 위로 휘날렸습니다.

아버지 진노하지 않으니 파묘의 봄 참 조용했습니다.

낙과

한때 떫었다는 것은
네게도 엄연히 꽃 시절이 있었다는 것
네가 환희로 꽃 필 때 꽃 피지 못한 것이
어디나 있어 너만 영광스러웠던 것
너를 익히려 속까지 들어차는 햇살에
한때 고통으로 전율했다는 것
익지 않고 떨어진 낙과를 본다
숱한 네 꿈을 꼭지째 뚝 따버린 것이
미친 돌개바람 탓이기도 하지만
꼭지가 견디지 못하도록
스스로 가진 과욕의 무게 때문
한때 나도 너와 같은 푸른 낙과였다

점박이

저렇게 피가 섞였다는 것은 얼마나 아름다운가
개 밥그릇 바닥까지 닳도록 끝없이 삭삭 핥는
왕성한 식욕의 저 혓바닥은
흘레붙어 피를 섞다가 돋아난 붉은 이파리 같은 것
황구니 똥개니 뭐라고 불러도 꼬리 치는
걷어차여도 욕해도 다가오며 꼬리 치는 철면피
앉으면 민망한 줄 모르고 삐져나오는 붉은 생식기
먼 암캐를 찾아가 뒤를 붙이고 싶어 날마다 앓는 좆
지워도 지울 수 없는 판에 박은 우리의 자화상

청춘은 뇌관 없이 찬방에 누워

오늘도 누운 몸뚱이에서 잎이 돋았다
물 밖으로 드러나는 청새치 등지느러미 같은 푸른 잎들
겨울은 얼어 터진 수도관으로 왔는데
온몸을 거리에 담그고 온 누이의 닭살 돋은 몸에서
연한 잎이 돋았다
야근하고 돌아온 형의 장딴지에서 이마에서
억센 잎이 돋았다
증오는 겨울에도 지지 않는 유일한 우리 푸른 잎이었다

초저녁부터 뒷창문을 두드리며 선 바람
우리를 어디로 끌고 가겠다는 말인가
생각은 빽빽한 기억 속으로 숨어들다
길 잘못 들어 울고
청춘은 뇌관 없이 찬방에 누워
열린 단추들을 다시 채우지 못하고 있었다
누군가 내 마음에 남겨 놓고 간 흔적마다
증오는 푸른 잎으로 돋아나고 붉은 새 떼 날아오르는데
닫아건 내 방을 열려고
문틈으로 밀어 넣는 단풍 든 아버지의 손이 보였다

덕적도 그 여자

덕적도에도 새가 있었느냐 물었다
새가 있었다 했다
바닷자락에 묻혀 잠잤던 새
가끔 가시나무 끝에 걸려 울었다 했다
살조개 같은 가슴 열어 울었다 했다

덕적도에도 저녁이 오더냐고 물었다
한 끼의 밥을 안치면
저녁은 쌀뜨물처럼 풀려 온다 했다
물굽이 넘어 푸른 별 앞세워 온다고 했다
그 여자의 가슴속으로
발목이 무릎이 목이 잠겨가며 자꾸 물었다

덕적도 그 여자
과연 알았을까
그 여자 기슭 어디 자꾸 내려놓고 싶던 닻
죄 많은 정박의 꿈을
덕적도 그 여자는

블랙홀

점묘화가 맞을 것이다. 우리는 비명도 없이 이 도시에서 흡입되거나 자진해 짜부라진 것이다. 우리가 견고하다고 믿는 담은 점, 비밀을 잊은 자물쇠도 점, 무엇을 봉인할 수 없는 점, 도시마저 점묘화 된 점, 우리가 만든 신화나 우리가 최고라 치켜세우는 구조물도 단지 점 하나, 블랙홀의 날름거리는 혀에 우리는 농락당하고 블랙홀의 감언이설로 우리의 이성은 마비된 채 검은 점으로 흐르는 것이다. 흘러와 점묘화를 이루는 것이다.

모두 짜부라진 것을 눈치채지 못하는 것은 우리가 함께 짜부라진 탓이다. 아무리 자기의 영토를 위해 철조망을 치고 접근 금지 구역의 팻말을 세우지만 점 하나에 불과하다. 어디나 작용하는 블랙홀의 법칙, 거대한 블랙홀로 빨려 든다는 것은 엄청난 공포, 블랙홀로 빨려 들어 존재가 지워진다는 것도 엄청난 허망, 하나 전략을 바꾼 블랙홀의 마법에 걸린 듯 우리는 블랙홀에 들어선 것이다. 블랙홀 안에서의 산책, 블랙홀 안에서 바라보는 싱그러운 햇살로 블랙홀이 가진 두려움에 무감각해진 것이다.

명아주 푸른 날은 블랙홀의 날이다. 인동초 열매 익는 날도 블랙홀의 날이다. 파라볼라안테나로 꿈이 송수신되지만 블랙홀 안에서의 일이다. 생리가 순조로운 것도 블랙홀 안에서의 일이다. 블랙홀의 강압 장치 출력을 높이면 점이라 믿던 우리의 존재마저 사라진다. 아직은 그런 일이 없어 빛나는 눈동자, 자잘한 쥐똥나무 열매, 강가에서 읽은 물새 발자국, 으깨어지지 않은 사랑의 가녀린 어깨, 몰락하지 않은 그리움, 아직은 블랙홀의 초기, 우리는 점묘화의 점 하나가 맞을 것이다.

도플갱어

    돌아다니는 나, 자기의 분신, 자신의 환영이 도플갱어다. 도플갱어를 만나면 자기가 죽는다는 암시 때문에 자신을 사칭하는 또 다른 자신을 본다는 것은 곤혹스럽지만 놀라운 사실이다. 아무리 같더라도 다른 곳에서 떠돌았으므로 마주 앉아 무용담을 나누다가 보면 하루가 짧을 것이다. 나의 도플갱어도 지금쯤 푸른 청바지와 청 재킷을 입고 고대 도시의 오후를 늙은 개처럼 어슬렁거릴 것이다.

    내가 나를 스친 적이 있다. 지하철이 비껴가는 사이 건너편에서 낯선 듯이 나를 바라보는 나를 보았다. 조간을 한 손에 말아 쥔 스타일이 전혀 나와 같지 않았지만 가볍게 목례를 보내왔다. 내게서 떨어져 간 나이거나 더블이 내 맞은편에 서있었다. 어딘가에서 나를 집요하게 지켜보는 내가 있다는 생각, 때로는 먼 사막의 대상이 되어 푸른 달밤을 터벅이며 내가 가고 있다는 생각으로 문득 나는 먼 내가 그리워지는 것이다.

    내가 잃어버렸던 것을 또 다른 내가 챙겨 가지고도 있을 것이다. 어릴 때 쥐똥나무 Y 가지로 만든 새총 겨누었다 하면 백발백중 명중에 가깝던 손때가 묻어 반질거리던 새총,

가슴에 품었던 순정의 이름 순이 어느 날 밤 먼 하늘을 건너 오는 외로움을 못 견뎌 울부짖는 소리는 또 다른 내가 나를 부르는 목소리란 걸 금방 알 수 있었다.

한때 나도 내가 너무나 외로워 벽에 머리를 짓찧는 자학으로 길고 깊은 겨울밤을 먼 나를 부르며 보낸 적이 있다. 먼 나란 나와 다른 나이지만 분명 하나의 뿌리를 가진 나이다. 인생이 이렇게 외로운 것은 잃어버린 나를 내가 찾지 못했기 때문이다. 어찌하여 나는 내게서 또 다른 나를 세상 저편으로 보냈으며 나는 나로부터 또 다른 내가 되어 어떻게 어성초 푸른 이 밤으로 떠나왔을까. 서로가 떠나므로 반쪽의 나와 반쪽의 또 다른 내가 되어 불완전하므로 남은 생이란 원형의 복구로 하나의 나를 이뤄야만 하는 것

나는 또 다른 나와 수시로 교감을 나누는 것이다. 내가 울적할 때 또 다른 나도 울적한 것이다. 분리될 수 없는 감정의 끈을 본능처럼 흔들어대므로 나와 또 다른 나와의 감정이 합일점에 이른다. 내가 또 다른 나를 떠나왔으므로 껍질인 듯 남은 또 다른 내 안으로 귀환하는 꽃 피는 날도 있을 것이다. 합체에 이르러 비로소 별을 향해 발돋움하거나 하

지 감자꽃 필 무렵 비로소 하나가 된 우리가 도시 외곽으로
야유회도 갈 것이다. 지금은 다만 볍씨 같은 꿈을 가슴에 묻
고 움츠려야 할 때 그리움만 나무처럼 일어서서 또 다른 나
에게 끝없이 몸을 털어대며 푸른 텔레파시를 보내야 할 때

월출이 형

월출이 형 까치로 형수인 암까치 데리고 아파트 단지 참
죽나무 숲에 무허가 집 한 채 짓고 사는 것 안다. 사람 좋은
월출이 형 원양어선 탔다는 소문도 있고 월북하다가 죽었다
는 소문도 있으나 구구단 하나, 글자 하나 못 읽어 동네 애
경사나 궂은일을 담당하던 월출이 형, 무학에 무식에 현역
도 방위도 되지 못했지만, 개구리복 입고 싶어 개구리복 입
고 다니다가 간첩으로 오인받아 죽도록 맞아 반병신 된 월
출이 형, 실연해 날마다 아카시아 숲에서 트럼펫을 밤하늘
로 불어 올리다 끝내 음독한 친구 동규보다 더 슬펐던 월출
이 형, 저렇게 돌아와 살 줄 알았다. 형수와 가까스로 나뭇
가지 물어다가 지은 월출이 형 집, 눈대중으로 배웠지만 바
람이 불수록 더 단단히 다져지는 공법으로 지은 집. 한 배
의 자식을 낳고 또 어디로 가려는지 자꾸 행적이 궁금해지
는 월출이 형, 오늘은 나를 알아보고 형수와 함께 울어댄
다. 고맙다. 월출이 형. 아파트 사람들 공손히 인사해도 시
큰둥해 모두가 낯설어지는데 대놓고 안다고 떠드니 기분 좋
다. 월출이 형. 그리고 형수님.

봉선화

순이는 좋겠다. 올해도 울 밑에 봉선화 피어
봉선화 꽃물 들이고 첫눈이 오길 기다리면
순이 그리워 탈영하다 군 감방에 간 애인 상복이
손톱의 끝 물 다 지워지기 전에는 돌아올 거라는데
봉선화 잘도 피어 순이 손톱마다 곱게 물들이고
상복이를 향한 순이의 사랑도 봉선화 씨앗으로
까맣게 잘 여물고 첫눈도 빨리 올 거라는데
순이는 좋겠다. 손톱에 들인 봉선화 꽃물도
이제는 들인 듯 안 들인 듯 지워져 가서 좋겠다.

십오 촉 사랑

그대가 내 곁에 오기만 해도
그대가 내 스위치를 누른 듯
나는 탁 하고 켜진다.

그대에게 예민하게 반응하는 자동 센서가
나에게 내장되어 있는 듯이
내 우울마저 십오 촉 등처럼 탁 켜진다.

환히 켜진 나를 가지고
그대가 나와 상관없는 누구에게
애정의 편지를 쓰든지 말든지
손톱 발톱을 깎든지 말든지 알 바 없다.
나는 그대로 인해 켜져 기쁠 뿐이다.

내가 그대 곁에 가기만 해도
그대도 탁 켜지기 바란다.

우리 서로 십오 촉 등이 된다면
어두울 곳이 더 이상 없는 세상이다.

그리운 봉준이에게

꽃 한번 피는 것이 얼마나 어려운지 아는데
녹두꽃이 핀단다.
어렵게 어렵게도 광음을 헤치면서 핀단다.
큰 산보다 더 큰 산, 왕보다 더 큰 왕인 봉준이
봉준이가 보고 싶다고 봉준아, 봉준아 하며
저 궂은 날씨 속에서도 제 빛깔로
어렵게 피는 녹두꽃들, 봉준이가 아꼈던 인내천도
녹두꽃처럼 피어나 저리도 환한데
나는 정신도 뭐도 이념도 없이 흐리멍덩한데
어둠이 목 죄어도 비바람이 시샘해도
봉준아, 봉준아 우리 봉준아 하며 녹두꽃이 핀다.
삼남에 고부에 완산에도 죽창처럼 깎아지른
정신으로 보리가 푸른데 녹두꽃이 핀다.
봉준이 찾아 헤매는 봉준이 어머니 목소리도
무너지는 하늘을 떠받치며 어렵고 어렵게
녹두꽃으로 노랗게, 노랗게 피어난다.

제2부

진수성찬

이근배 선생님 고향 당진 기행 갔다가
귀한 해나루 쌀 3킬로 얻어 돌아왔다.
이밥에 고깃국인지라 입안에 군침이 돌았다.
잡곡밥만 먹어 늘 허기진 나에게 아내가
모처럼 이밥을 지었으나 소고깃국은 없으니
소가 좋아하는 아욱국을 끓이자 했다.
가난한 내 몸을 늘 챙기는 아내라
그러자 해, 모처럼 진수성찬을 먹었다.
경칩이 울음 속에 누워 콧소리 흥흥 내는
아내도 오랜만에 진수성찬이었다.

만추

어머니 아침에 봉선화마저 다 시들고 끝물이 온 꽃밭을
보시다가
오늘 아버지 무덤에 가서 좀 울고 오겠다고 하신다

슬픈 일을 보면 다른 슬픈 일이 떠올라 우는 것이 사람이야
곡비가 찰지게 우는 것도 죽은 사람이 슬퍼서 우는 것이
아니라
제 생이 슬퍼서 끝없이 곡하고 우는 것이야

나 어릴 때 돌아가신 네 아버지 부르며 비린 눈물 좀 흘리며
속이 후련하도록 울고서 집으로 돌아올게

너는 네 아버지 돌아가셨을 때 곡도 울지도 잘 못하더니
불효막심한 놈 같더니만 네 심정 알아, 울어본 사람이 우
는 거야

사람 팔자 시간문제라. 너를 위해 내가 울 날이 있을지
도 몰라
사람이 사람다우려면 뭐 별 뾰족한 수가 있느냐
울 때 울고 웃을 때 웃고 눈물을 보일 때 보이는 거야

사람이 잘 산다는 것은 울고불고하며 생에 눈물 조금 보태는 거야

뱀의 전설

나는 서울로 압송하는 전봉준을 꽁꽁 묶었던 오랏줄
일 획의 참회하는 뼈저린 글이다.
한때의 과오로 평생 슬슬 기면서
기를 펴지 못하는 길로 꿈틀거리며 왔을 뿐이다.
전봉준이 서울로 압송되어 갈 때 봉준아, 봉준아 하면서
산천도 울고 녹두꽃 뚝뚝 지고 청포 장수 울었다는데
나는 피가 안 통할 정도로 전봉준을 꽁꽁 묶었던 끄나풀
내 긴 몸으로 내 긴 몸을 사정없이 내려치고 싶구나.
고부나 삼례쯤에서 자학으로 짓이겨지고 싶구나.
가도 가도 끊어지지 않고 닳지도 않고 허물 벗을 때마다
다시 빛나는 몸으로 살아나는 내 죄의 문양과 독니
스스로 삼킨 독으로 대역죄인인 나를 벌할 수만 있다면
세상에 대한 미련도 후회도 없이 삼킬 독
하나 나의 몸은 길지만 운명은 생각보다 너무 짧다.

꽃

오, 저것을 대체 어찌할 것이냐
꽃은 식물의 생식기라는데
다 큰 풀과 나무는 다소곳한 처년데
밑을 허공 향해 쩍쩍 벌려놓고
벌겋게 달아올라 몸부림치는데
꼴린 태양이라도 들이닥치면
오, 저 사태 어떻게 끝낼 것이냐
봄이면 애정결핍으로
끝없이 미쳐가는 이 땅의 꽃들을

이념 서적에 대한 역학조사
—이념 서적을 읽던 불온한 밤을 추억함

뜻하지 않는 병이 나돌거나
뜻하지 않는 사회현상이 나타났을 때 역학조사를 한다.
나도 나름대로 사라진 이념에 대한 역학조사를 하려다.

이념 서적을 읽으면 가치관과 삶의 태도가 바뀔 거란 말
이 한때 역병처럼 나돌았다.
　조금만 불온한 생각을 해도 쉽게 손에 닿던 이념 서적
　불순분자나 읽는다 해서 방문을 담요로 가리고 읽던 책
　멀리서 개 짖는 소리만 들려도 황급히 방의 불을 끄고
　개 짖는 소리와 인기척이 사라지면 다시 일어나 읽던 책
　읽을 때마다 문풍지처럼 파르르 떨던 마음

　민중연극론, 노동현실과 노동운동, 죽음을 넘어 시대의
어둠을 넘어, 광주 5월 민중항쟁의 기록, 왜 80이 20에게 지
배당하는가, 지상에 숟가락 하나, 소금꽃나무, 대한민국,
삼성왕국의 게릴라들, 우리 역사 이야기, 역사는 한 번도
나를 비껴가지 않았다, 나쁜 사마리아인들, 김남주 평전,
우리들의 녘, 꽃 속에 피가 흐른다, 정복은 계속된다, 미국
이 진정으로 원하는 것, 21세기 철학이야기, 북한의 우리식
문화, 통일 우리 민족의 마지막 블루오션

위 책은 북한 찬양 도서, 반정부 반미 도서, 반자본주의 도서, 혹 이념 서적이라 불리는 지금도 책방 어느 구석에 자리 잡고 있다.

원한다면 서가 깊은 곳에서 꺼내 빌려주기도 할 것이다.

나는 먼저 읽어야 한다. 표지가 낡지 않아도 혹 곰팡이 냄새가 나더라도 어떤 사심도 없이, 피가 도는 꽃잎 같은 얼굴로, 때로는 수정 같은 얼굴로 북방 여치 같은 얼굴로, 아무르장지뱀 같은 얼굴로, 어떤 편향도 없이, 오독도 없이 한 권의 서적이 만들어지기 위해 작가가 천 권의 책을 읽기도 하므로 단 한 줄의 글을 위해 목숨을 내놓거나 사선을 넘기도 하므로 단 한 줄의 글에 목이 메어 울먹이기도 하므로 책 한 페이지가 대지 같고 초원 같아 그곳에서 짐승처럼 울거나 방목된 가축처럼 한가로이 거닐 수도 있으므로 몇 가닥 가능성을 열어놓고 나 다시 시대적 역순이나 목차의 역순으로 읽어보든지 불온이란 이름으로 불리어지게 된 내력을 찾아 검은 까마귀 떼 황망히 날고 효수된 민중의 목이 썩은 새끼줄처럼 처져 내리는 참혹까지 가보아야 한다. 자본의 수레바퀴가 무참히 지나간 곳 흔적으로 남은 검은 피딱지를 가난을 살붙이인 듯 오래 살펴야 한다. 아직도 인문사회과

학의 숨결을 이어가는 풀무질로 가거나 녹두서적으로 가,
손에 잡히는 대로 몇 권 뽑아 와 독서삼매경으로 또는 정독
으로 다독으로 가볍게 스쳐가는 는개 내리는 아침 같더라도
책 페이지마다 정갈이 박힌 차디찬 철자를 더듬어야 한다.

　전태일전, 죽을 먹더라도 껍데기를 벗고서는 국가보안
법이든 아니든 제도권 교육이든 아니든 바른 가치관을 가
지는 잣대 같지 않더라도, 회초리 같더라도 빨갱이 사상을
가르치는 것이 아니라 사회 더 깊숙한 곳의 실상을 보는 것
나라를 위할 때는 나라의 행복도 알고 나라의 불행도 알아
야 한다. 생각이 다르다 하여 다른 사람이 아니다. 사람이
아닌 것이 아니다. 다른 생각을 가진 사람이다. 다른 생각
이라 해서 나쁜 생각이 아니다. 나쁠 수도 있고 전혀 나쁘
지 않을 수도 있다. 다른 생각의 문장이 생명의 피가 도는
문장일 수 있다.

　역학조사는 읽는 곳에서 시작해 마지막 페이지를 읽고
또 다른 책의 첫 페이지를 열고 닫는 연결고리로 계속된다.
읽는다는 것은 안다는 것이고 안다는 것은 힘이 된다는 것
이념 서적을 역학조사 해간다는 것은 강철 같은 이념의 날

을 세우고 어떤 비바람에도 굽히지 않는 이념의 만장을 높이
휘날린다는 것 이념에 물들어 장마의 폐가 벽지처럼 축축 처
져 내린다는 것

　난 이념에 취하고 새로운 이념 위에 세워진 나라를 꿈꾼다.
　한때 이념이 우리의 일용할 양식 같은 날이 있었다.
　이념은 내가 세상에 던져진 한 알 밀알이기를 꿈꾸게 했다.
　이 대목쯤에 이르면 어느 정도 이념 서적에 대한 역학조사
가 마무리된다.

　이념 없이 세워진 나라나 깃발은 사상누각일 수밖에 없다.
　하여 이념은 때로는 죽음으로 지켜진다.
　여기서 짧았지만 이념 서적에 대한 역학조사는 끝.

지네

인공관절을 넣은 아내 두 무릎에
가지런히 난 수술 자국은 지네 자국이다.

지네가 아내 몸속으로 기어 들어간 흔적이다.

아내 몸 안에는 지네가 좋아하는
닭 우는 새벽이 있는지 모른다.
지네가 좋아하는 자갈밭과 자갈이 만든
지네의 아방궁인 자갈 그늘이 있을지 모른다.
지네와 싸우려고
독 두꺼비가 독을 품고 있을지 모른다.

끝내 내가 잡아낼 수 없는 지네가
아내 속으로 잠적했다.
날마다 어떻게 지네를 잡아낼까 골똘하다.

민들레 꽃씨

머리가 허옇게 세어서 봉두난발로
쑥대머리로 담 밑에 모인 저 노인들
허깨비같이 가벼워진 몸
자식이 바람 속에 내버리려는 줄 모르고 있다.
바람이 훅 불면 바람에 실려서
고려장당할 것을 모르면서
봄 햇살에 꾸벅꾸벅 졸기까지 한다.

몽환의 집

늦은 저녁을 준비하는 집에 어둠이 왔다. 자주 생살구가 지붕에 떨어져 살아있나 죽었나 안부를 묻고, 지병인 그리움이 또 도진 참죽나무 숲은 뒤란에서 아프다. 꼭꼭 여며도 바람 드는 세월, 삼꽃 피는 날, 백 년 우물물을 길어 벌컥벌컥 마시면 오늘의 갈증은 말끔하다. 탁발을 나섰던 동자들이 저무는 골목을 따라서 돌아오고, 산제비는 깎아지른 절벽의 둥지로 돌아갔다. 생각하면 눈시울 젖는 살림살이, 별빛의 온기마저 가만히 거두어 구들장 식은 안방으로 들이고 싶은 마음, 켜켜이 포개어 잠든 어둠마저 어린 자식처럼 정겨운데, 단수와 단전이 된 집이지만 늦은 저녁상을 물리면 단 하나 남은 촛불로 환해진 집, 밤이 깊어지자 캄캄한 집, 한 땀 한 땀 사랑을 박음질하는 소리만 새싹처럼 돋아나고 있다.

녹우당 시편 1

　찬비와 함께 떨어지는 은행잎은 은행잎이 아니다. 어부
사시사다. 오우가다. 20년 유배 20년 은거 10년 관직에 머
문 이야기다. 푸른 비가 되어 첩첩 쌓이는 사연이다. 빗소
리마저 자신만의 신념으로 불굴의 자세로 상소를 올리며 역
경을 딛고 천천히 걷던 고산의 발소리다. 작은 것이 높이 떠
서 만물을 다 비춰니, 밤중에 광명이 너만 한 이 있느냐 보
고도 말 아니 하니 내 벗인가 하노라는 오우가 6수의 달 비
로소 말문을 연 달의 증언이다. 녹우당 수령 5백 년 나무는
세파도 역사도 뿌리 뽑을 수 없는 윤선도의 모습이다. 어디
에도 꺾이지 않는 윤선도의 정신인데 녹우당에 비 내린다.
푸른 비 내린다. 비가 내린다. 녹우당 은행잎은 어부사시사
부르며 세월 깊이 그물을 내려 잡은 허기진 백성에게 나눠
주던 씨알 굵은 꿈이다. 백성을 아낀 고산의 지지 않는 일
편단심이다. 녹우당에 비 내린다. 푸른 비 내린다. 오백 년
된 푸른 비가 세상의 얼룩, 한 시절의 얼룩을 지워주며 내
린다. 지금도 하염없이 내린다.

녹우당 시편 2

녹우당에 와서는 녹우당만 생각해야 한다. 녹우당 올 때
는 마음에 찼던 슬픔이나 그리움을 비우고 녹우당 푸른 은
행나무를 옮겨 심고 가을 노란 단풍 들 때까지 기다려야 한
다. 녹우당 올 때는 귀에 가득 찼던 차 소리 고공 농성하며
부르던 뼈저린 노래도 비우고 와서 녹우당 비자나무 숲에
부는 푸른 바람 소리로 채워야 한다. 은행나무 짙은 그림자
속에 앉아 산중신곡집, 어부사시사집을 읽으면 녹우에 젖
듯 마음이 젖어야 한다. 녹우당에 올 때는 갑좌경향의 집을
찾고 득음산이나 필봉 벼루봉이 보이는 명당을 찾으면 된
다. 잃어버린 사랑이 있으면 사랑채를 지나서 오면 된다.
갈증이 가시지 않으면 서남쪽 담 모퉁이의 조그마한 연못
을 찾으면 된다. 녹우당 올 때는 언제나 빈손으로 빈 가슴
으로 와 녹우당 푸른 기운으로 채워야 한다. 역발산 같은
기운이 몸 가득 뻗쳐오르고 담 위에 하얀 박꽃 같은 그리움
필 때는 어깨 덩실거리며 오우가를 읊조려야 한다. 이 땅에
무수히 져간 꽃잎을 위해 살풀이를 춰도 된다. 녹우당 와서
는 비로소 한번 사람 구실하듯 새벽 닭 우는 소리로 일어나
안채 마당도 쓸어보고 기지개도 켜야 한다. 밤이면 녹우당
별빛에 꿈을 담금질하며 별이 지는 쪽으로 마음이 조금 기
울어져도 되겠다.

염낭거미

허름한 방 안에서 꼬물꼬물 자식들
기어 나왔다.

그 많은 자식을 보니 그녀의 최후가 보였다.
눈앞에 없어도 보였다.

짐승 같은 인간 하나 잘못 만나
몸에 씨앗만 뿌려놓고 떠나
그것들 거둔다고 젖을 물리고 똥 기저귀 갈고

제 육신에 깃든 병은 돌보지 않고
살이고 뭐고 뽀얀 젖무덤이고
암팡진 엉덩이마저 자식에게 다 파먹어라 주고
속이 텅 비어 끝장난 여인

상주도 없이 봄날 속으로
둥둥 떠가는 염낭거미 한 마리

유리

　언젠가 유리를 노래하리라. 보이지만 갈 수 없는 나라가
저 편에 있다는 것을 보여 주는 유리를, 쨍그랑 유리창을 깨
뜨려 날 선 유리로 배를 북북 그으며 유리를 노래하리라. 유
리에 갇힌 순이를 위해, 유리가 막장인 도시에서, 투명하지
못한 유리를, 유리를 꿈꾸는 유리를, 유리를 노래하리라.
더러우면 속이 보이지 않는 유리의 맑음을 노래하리라. 유
리창에 비친 아니 유리창에 갇힌 모든 풍경을, 비뚤어진 북
방 여치 얼굴 같은 내 자화상을 유리보다 더 투명하게 그릴
수 없으나, 유리를 노래하리라. 한때 내가 꿈꾸었던 유리
흐린 유리창에 써보던 먼 이름도, 유리창에 남아있던 닦지
못하고 간 누군가의 지문도 유리창을 통과해 가지 못하는
나를, 불투명해져 간유리 같은 슬픈 나를 끝없이 노래하리
라. 존재란 부력으로 유리에 다시 떠오르지 못하는 나를 노
래하리라. 유리창이 있는 한 유리의 표면으로 흘러가는 구
름과 새와 목마와 숙녀를 마리아 릴케의 시를 노래하리라.
바라보면 언제나 나를 바라보는 유리를, 노려보는 유리를
노래하리라. 유리에 비친 내 눈과 유리창에 부딪혀 내게 되
돌아오는 웃음을, 가보지 못한 유리를, 불타는 유리를 언제
나 유리한 유리를 노래하리라. 보이지만 갈 수 없는 사랑이

저편에 있다 속삭이는 유리의 한철을 노래하리라. 유리를 노래하다 유리창처럼 와장창 깨져도 좋으리라.

애련리

가자, 낡은 노트와 책과 그리움아, 단벌의 그리움아, 읽다 만 문장들아, 재가 될 이름들아, 푸른 사막을 꿈꾸는 늙은 낙타의 지친 눈빛아, 돌아오지 않는 부메랑아, 세월아 가자, 파혼의 새들아, 상처로 아물지 않는 연못의 수면아 은마야, 가자, 헝겊으로 기운 꿈을 꾸더라도, 왕관을 쓰지 않았더라도 총칼을 들지 않아 무기력해도 가자, 애련리로 신분도 명분도 없이 애련리로 솔밭으로 불어가는 바람처럼 지평선이 없더라도, 수평선이 보이지 않더라도 청미래 익어가는 애련리로, 노시인이 별을 깎고 새벽으로 담금질해 시를 만드는 애련리로, 활화산이 없어도 사랑이 뜨거운 애련리로, 머윗잎 푸른 애련리로, 빗방울에 맞아도 풀이 즐거워하는 애련리로 가자, 애련리로 빛나는 모든 진리를 앞세워, 발달된 물질문명은 뒤로 두고 애련리로 가자, 옷자락에 묻은 광장의 함성을 털어버리며 데모대와 진압대가 겨루는 참혹한 풍경은 내버려두고, 우리 빛나는 이마로 애련리에 가자, 머뭇거렸던 물봉선화를 닮은 수줍은 한 시대야, 욕망에 찌든 모든 육체들아, 사랑들아, 피신처를 제공했던 모든 담을 무너뜨리고 애련리로 가자, 우리가 가고 나면 줄장미 핀 세월이나 오게, 우리도 애련리로 가 애련리 물소리로 그간 더럽기만 했던 우리 입술과 가슴을 씻고 먼동 틀 때 비로소 기지개를 켜게 밤이면 태몽 깊어져 고고성이 메아리칠 애련리로, 우리 사상 숨어 살 곳으로

눈이 잘 보이는 저녁

눈이 잘 보이는 저녁에는 박인환의 「목마와 숙녀」를 읽는다네. 거저 간직한 페시미즘의 미래를 위하여 나도 처량한 목마 소리를 들으려 하네. 눈이 잘 보여 개밥바라기마저 찾아내고 환호를 지르고서 한 잔의 술을 마시며 버지니아 울프의 생애와 목마를 타고 떠난 숙녀의 옷자락을 나도 이야기하려 하네. 무엇이 갑자기 나의 눈을 잘 보이게 해 박인환의 「목마와 숙녀」를 읽고 가을바람 소리가 쓰러진 술병 속에서 울듯 추억 속에 쓰러져 울게 하는지 그저 가슴에 남은 희미한 의식을 붙잡고 버지니아 울프의 서러운 이야기를 듣듯이 내 뼈저린 추억의 끔찍한 현장으로 고개 돌리는지. 눈이 잘 보이는 저녁, 어린 짐승이 내게 빙의된 저녁 왜 나는 「목마와 숙녀」를 읽으며 세월 저편으로 달아나려 몸부림치는지. 잘 보이는 눈 속으로 끝없이 별똥별이 아름답게 지는 밤인데도 목마는 하늘에 있고 방울 소리는 귓전에 여전히 왜 찰랑거리는지

시야, 시야

시야, 세월의 벌어진 더러운 가랑이가 시가 되나.
입술을 포갠 후 영영 이별하는 밤의 젖은 눈동자는
쥐약 처먹은 듯 게거품 흘리며 저무는 해를 등지고
어디선가 처박혀 죽으려는 어리고 철없는 그리움은
아파 발기해 끄덕거리는 병든 영혼도 시가 되나.
시야, 뚝 부러진 뼈처럼 세상 모서리서 불쑥 튕겨 나올 수
있나.
시야, 심장서 뿜어져 나오는 생혈처럼 그렇게 붉을 수는
시야, 사막 같은 날을 녹음방초로 연두로 물들일 수 있나.
새파란 하늘에 만장을 펄럭이게 할 수 있나. 시야
참 시시하다는 시에 매달려 시야, 시야 못 견뎌 부르는 나를
차가운 밤비 양철 지붕에 생살구처럼 끝없이 떨어져
밤새 두들기며 하는 소리, 미쳤어, 시 나부랭이 걷어치우고
제발 주제 파악하고 살라는 말 들었는데 시야, 시야
끓는 기름 가마솥에 빠진 듯 아프고 들끓는 내 사랑도
분노도 뭐도 배알도 없는 가난한 내 노래도 야윈 휘파람도
과연 시가 되나, 지병이 도진 듯 불안한 기다림은, 시야,
시야
시가 사치인지 사기인지도 모르는데 시야, 시야, 제발 너야

제3부

심야극장 앞을 지나며

여기서 너는 떠났을 거다.
네가 숨을 멈춘 지 오래이나 극장 앞을 지날 때마다
내 가슴에 촤르르 촤르르 돌아가는 너의 시들
너는 너의 시를 이 세상에 틀러 왔고
나는 너의 푸른 시를 관람하는 것이다.
시적인 것과 시적이 아닌 것으로 나누어진 세상
너의 어느 푸른 저녁을 읽으며
난 시적인 세상으로 안개처럼 스며든다.
빈집이나 잎 속의 검은 잎을 읊으며
언젠가 나의 꽃들이 우수수 질 밤의 난간을 지나간다.
이것은 내가 어느새 너의 푸른 시 세계를 통과해 가는
소리 없는 세기말의 산책인 것이다.

격렬비열도에 사랑이 비로 내리고

사랑이 식어버린 사람과 함께 늦더라도 격렬비열도에 가자
격렬과 비열 사이에는 사랑이 있다고 누가 노래하고
내 청춘의 격렬비열도엔 음악 같은 눈이 내린다고 노래했
으므로
나는 격렬과 열도 사이엔 사랑의 비가 내린다고 노래한다
격렬비열도에 가면 사랑의 비가 내리고
내 사랑이 격렬해지므로 격렬비열도에 가자는 것이다

격렬비열도에 오늘도 사랑의 푸른 비가 내리고

산다고 바빠 장미 한 송이 내민 적 없는 손으로
식어버린 사랑의 손을 잡고 사랑이 비로 종일 내리는 격렬
비열도에 가자
격렬비열도의 군함새와 가마우지가 뜨거운 울음으로
바람을 가르며 잊어버린 사랑의 말과 사랑의 몸짓을 가르
쳐준다
무엇에도 오염되지 않은 격렬비열도의 순수하고 청정한
사랑을 배우러
사랑이 식어버린 사람아 격렬비열도에 가자
비가 내릴수록 우리 사랑 더 격렬해지는 그곳으로

해변에서 시간

죽은 사람이 산 사람을 질질 끌고 가는 해변이구나.

말들이 날뛰는 해변에서 권태로운 고흐가 귀를 자르고

해바라기 끝없이 즐비한 언덕을 스쳐 유성처럼 흘러가는 장대 열차

나는 보이는 세상만 세상인 줄 알았으나 이 몽환의 시간이 좋구나.

바다를 향해 선 수목장한 나무에서 커다란 이파리가

얼굴로 돋아나 해풍에 파닥이는 이 신화 같은 날에

내 허기는 배로부터 오는 것이 아니라 애정결핍의 가슴으로부터 온다.

난 숨어서 하는 은밀한 키스보다 긴 머리카락 나부끼는

바람 속의 키스를 오래전부터 꿈꿔 왔다.

이룬 사랑보다 이루지 못한 사랑 이야기를 경전처럼 읽으며

그리움의 아슬아슬한 난간을 지나왔다.

보이는 일로 바빴던 것보다 보이지 않는 일로 바쁜

보이지 않는 세상으로 흘러가는 구름이나 꽃, 비나 비행기와 배보다

보인다 하면 보이지 않는 보이지 않는다 하면 보이는 이 몽환의 세상

모래에 묻힌 하얗게 부푼 네 복숭아뼈처럼 아름답구나.

소읍

여기서 나는 강물을 오랫동안 배웠다.
강물에 어리던 불빛이 하나둘 저물어가면
임무 교대를 하듯 총총총 강물 위에 어리던 별빛
나는 밤의 문장을 이룬 긴 강의 올올이
열망으로 터진 청춘을 한 땀 한 땀 기웠다.
쌀이 물먹는 소리 내며 젖어가는
새하얀 모래톱 위에 불온한 낙서를 하는 동안
강물에 뿌리를 적신 꿈은 미루나무처럼 자랐다.
스스로 투명을 못 견딘 강물이 바닥을 치며
흙탕물을 일굴 때 나도 소읍의 밑바닥을 치며
가슴의 불씨가 불꽃으로 피기를 기다렸다.
당분간 소읍을 떠날 수 없던 나는
참게같이 온몸에서 검은 털이 우우 돋았다.

두 개의 세상

엄연히 두 개의 세상이 있다.
네온의 거리를 지날 때 네온에 섞이지 못한
네온 밖에 오래 서성이는 한 청춘의 탄식을 들었다.
물에게는 물의 세상이 기름에게는
기름의 세상이 있기에 섞이지 못한다.
한 사람이 자신이 가지지 않은 다른 세상을 보기 위해
긴 여정에 오르고 돛을 높이 세운다.
볼 수 있는 세상과 볼 수 없는 세상
나는 내가 볼 수 없는 세상을 향해
구두끈 단단히 조이고 구름의 보폭으로 흘러왔다.
옥수수 이파리에 닿아 따끔거리는 오후를 앞세우고
전방을 지나 다른 세상으로 전역해 가기를 꿈꾸었다.
두 개의 세상이 있다는 것은 참으로 다행한 일
우리가 머무는 곳이란 가진 세상을 두고 가지지 못한
세상으로 떠나려는 푸른 항구인 것이다.

그대가 잠들 무렵

그대가 잠들 무렵 나는 바람으로 그대에게 불어갑니다.
책상 위에 놓여진 쓸쓸한 역사책 몇 페이지 넘겨 가며
푸른 이끼 낀 고궁의 담을 넘어서 그대에게 불어갑니다.

그대가 잠들 무렵 꿈의 씨앗을 잔뜩 품고 불어갑니다.
그대와 함께 바라보았던 별자리를 더듬어보면서
하지 감자꽃 피던 밭에 몰래 앉아 그대 오줌 눌 때
멀리서 망보던 날도 추억하며 그대에게 불어갑니다.

그대에게 불어간다는 것은 내 잠을 잠시 버렸다는 것
그대에게 불어간다는 것은 박꽃같이 하얀 순수라는 것
그대에게 불어간다는 것은 밤이슬에 젖어간다는 것

그대가 잠들 무렵 나는 바람으로 그대에게 불어갑니다.
그대에게 불어가면 멀리 동구 밖처럼 보이는 그대
그대에게 불어가면 그대는 나의 우주로 열려서 옵니다.
알뜰한 우주의 살림살이와 초신성이 환히 보이는 우주로

그대가 잠들 무렵 바람으로 그대에게 불어갈 수밖에
가서 죄 많은 정박의 닻 하나 그대 깊이 내릴 수밖에

소녀 시대

멀리서 바람과 함께 소녀가 달려온다.
소녀가 춤출 때마다 들썩였던 어깨가 결리더라도
소녀가 달려올 때 잽싸게 길을 터줘야 한다.
소녀가 달려가고자 하는 곳은 우리가 아니고
우리를 비껴 난 에버랜드, 장미의 축제가 있는 곳
소녀 시대여서 소녀가 대세여서 소녀라서
소녀의 꿈은 장미처럼 활짝 피고 화려해야 하고
소녀는 아름다우므로 없어도 될 가시를
장미가 가진 이유를 분명 알아야 하므로
소녀는 눈부신 햇살을 받으며 장미에게 간다.
소녀가 영원히 소녀일 에버랜드로 간다.
멀리서 바람과 함께 달려오는 소녀는
장미와 에버랜드의 주인이어야 마땅하다.

허공 궁전

저 까마득한 허공은 빈 것이 아니다.

곤줄박이의 울음과 할미새의 울음이 씨줄과 날줄로 촘촘
히 짜여 있다.

내 가슴에서 나부끼는 노래는 다 허공에서 얻었다.

너는 너의 그리움을 허공에 풀었고

그리움이 스민 구름은 천천히 눈앞에 흘러가므로

난 그리움을 감상하는 것이다.

보이는 것과 보이지 않는 것으로 이루어진 세상이나

허공 속은 보이지 않는 것이 떡하니 들어서 이룬 허공 궁전

모든 소리가 순례 왔다가 허공에 떠도는 자작나무 파닥이
는 소리에

반갑다 인사하며 소리의 길을 따라간다.

언젠가 나도 옥수수 서걱거리는 소리 같은

푸른 노래를 허공으로 메아리치게 한다.

보이지는 않으나 한때는 아우성이 들끓던 허공 궁전은

모국어로 부르는 내 노래에 화답해

하늘 이편에서 저편으로 건너는 우레 소리를 들려줄 것이다.

모호한 술탄

보기도 하고 듣기도 하나. 이 도시를 살아가는 것이
모호한 술탄의 호탕한 웃음소리 속에서 삶이라는 것을
웃음소리에 주눅 든 소녀 같은 나의 불안한 정서를
술탄에게 진상하려고 멀리서 구름이 품고 오는 검은 꽃향기를
한때 나는 술탄의 슬하를 찾아 오체투지로 왔다.
수구지심 하듯 술탄을 향해 고개를 두고 잠이 들었다.
샛강처럼 드러누우면 물안개 피듯 술탄을 향해 피던 그리움
모호해진 술탄의 영토로 왔다는 것은 성공보다는 실패인 것
술탄의 웃음소리에 전구처럼 터지는 꿈이 보이나.
뒤돌아서기도 전에 뒤를 낚아채고 흔드는 술탄의 웃음소리
한때 술탄의 손끝에서 마법처럼 피던 장미가 좋았다.
모호한 술탄의 웃음소리가 모호하게 만든 길들

나무의 울력

비리고 아린 어머니 눈물 같은 꽃잎
소리 소문 없이 뚝뚝 떨어져 맨땅에 수놓고 있다.
영원히 지면서도 진다는 원망 없이 시들고 썩기 전
허전한 세상을 한 땀 한 땀 수놓는 꽃잎이라니
꽃잎이 떠나온 자리를 보면
짓무른 눈가에 맺힌 비린 눈곱 같은 열매가 보인다.
익은 과일의 계절은 꽃 지는 이 시점부터 시작되는 것
모든 과일의 맛은 져서 사라진 꽃잎의 아픔에서 왔다.
꽃잎이 내준 자리마다 주렁주렁 매달릴 푸른 과일
지는 꽃잎에 보답하듯 눈부신 과일을 세상에 내놓으려는
나무들의 아, 아, 아 소리 없는 울력
나무들로 인해 풍요로운 추수감사절이 마련되고
과즙 풍부한 과일로 우리의 생은 단물 들어갈 수밖에 없다.
분분히 꽃잎 휘날리는 사이사이 비바람을 무릅쓰고
우뚝우뚝 선 나무가 이루는 연대감으로
푸른 계절이 오고 사랑마저 익어가는 가을은 기어코 온다.
모난 세월을 깎아 둥근 과일로 가지마다 매다는
마법 같은 나무의 울력이 없었더라면
오늘은 꽃 지는 고통으로 온통 눈물뿐이었을 것이다.

시집과 그것을 하다

시집은 요염하게 삼베옷을 입은
여인처럼 온다. 곡비처럼 온다.
두 번째 페이지 하얀 속살에는
내 이름을 문신으로 새기고 온다.
페이지를 넘길수록 깊어가는 밀애
우리 사랑 오르가슴에 닿았는지
멀리서 달려오는 까마득함
시집이 온 다음 날은 무리했는지
걸을 때마다 휘청거린다.

세기말 장미에게

　네 가시에 찔려 죽은 사내에 관해 사내가 저지른 부정에 대해 세기말 징후에 대해 말하려 해도 말은 되지 않고, 더 붉은 장밋빛으로 타오를 수밖에, 세기말 장미라 더 장엄하게 속이 다 타버린 장미일 수밖에, 하여 가시는 더 싱싱하고 날카롭고 생가시라 박히면 더 아릴 수밖에, 장미 그늘에 누워, 다시 천년의 꿈을 꾸는 아이의 잠에 떨어지는 장미꽃잎, 장미 닮은 아래를 가진 처녀가 꿈꾸는 팜므파탈이나 카르멘의 정염, 장미수를 뿌린 솜털 뽀얀 소녀와 사랑을 꿈꾸는 늙은이의 추잡, 블랙 로즈라 부르는 꽃뱀과 요염한 아가씨와 장미의 축제와 장미 꽃다발을 든 사랑의 고백, 장미 살인과 마리아 릴케와 살인의 현장 벽에 그려진 장미 한 송이와 모든 것에 연루된 장미의 사생활과 장미여, 장미여 흔들어도 묵비권을 행사하는 장미와 장미의 치정과 함구, 그러나 세기말을 장식하는 장미와 장미의 계절과 장미로 불어오는 바람, 하여 장미로 얻는 장미의 꿈과 장미의 곡비와 백만 송이 장미가 핀 장미의 행성, 하나 세기말이여, 더 아름다운 장미여, 안타까운 장미여, 난 한때 장미 족속을 꿈꿔 장미만큼 붉은 피의 사내, 장미의 사냥꾼이기도 했으니 장미여

극에 달한 이별

상가에 호상이네. 호상이네 하며 사람들 몰려드네.

여기 고기 좀 더, 술 좀 더 하며 이렇게 먹어야 가는 사람도 좋지. 낮부터 불콰해진 문상객들 이리저리 앉아 그 어른 참 좋지 하며, 이야기에 살이 붙어갈수록 희망 슈퍼에서 궤짝으로 술 배달 오고, 잡은 돼지 바닥나 가는데, 밤이면 신이 난 듯 더 밝게 피어오르는 조등인데, 그 틈에 쓱 끼인 막내딸 이야기, 참 그 어른 돌아가셔도 눈 편히 감지 못할 거라는 이야기, 듬성듬성 들리는데 집에 오기는 올라나, 오지 않는 쪽으로 가닥을 잡아가는데, 선산 집안 재산 다 거덜 내고 종적을 감춘 막내딸 이야기, 그 딸이 나쁜 것이 아니라 딸의 남편이 나쁜 놈이라며 성토를 하는데

벌컥 대문 열고 들이닥치자마자 몸부림치며 딸이 쏟아내는 통곡, 저 극에 달한 이별

술의 노래
—칠부七部의 사랑

지금은 압니다. 당신이 내게 다소곳이 술잔을 채울 때
당신이 따라주는 것이 당신의 사랑이라는 것을 압니다.
당신의 가슴에 바다보다 넓고 깊은 사랑이 있으나
그 사랑 넘치지 않게 알맞게 채워준다는 것도 압니다.
한꺼번에 당신의 사랑을 내게 준다면 그 사랑 잔마다 넘쳐
세상에 큰물 지고 나마저 사랑에 휩쓸려 가버릴 것입니다.
사랑 한 방울만 더 따르더라도 넘칠 듯 말 듯한
그런 위태한 사랑이 아니라 칠 부 정도 채워주는 사랑
가득 채워주지 않으므로 마실수록 더 그리워지는 사랑
그런 사랑에 취한 우리 늦은 노래가 세월의 노래가 됩니다.
당신이 내 잔에 조심스레 따라 주는 맑은 소주가
당신의 지고지순한 사랑인 줄도 압니다.
당신의 끓어오른 영혼으로 방울방울 얻은 사랑
티 하나 없고 어둠 한 방울 섞이지 않은 증류된 사랑
소중한 그 사랑을 내게 따라주는 당신의 눈부신 손
지나치게 채워질까 조용히 바라보는 눈동자가
당신의 사랑이 술로 올 때 함께 온다는 것도 압니다.
더도 말고 덜도 말고 칠 부로 채워지는 당신의 사랑
망설임 없이 단숨에 당신의 사랑을 마시라는 뜻
단숨이나 영원히 당신에게 취하라는 당신의 뜻도 압니다.

당신이 빈 내 잔에 칠 부로 따르는 단숨의 사랑
단숨의 사랑에 취하여 당신을 끝없이 불러봅니다. 당신

호명

아직 나는 그대를 부르지 않았습니다.
별마저 조는 그런 고요한 밤
상수리나무에 홀로 기대어 부르려고

그대를 부른다 하여도 그대와 나 사이에는
우주 하나가 더 있는 것만 같아
아득해도 너무 아득해 엄두도 나지 않지만
그대, 어떻게 얻은 이름인데,
하여 함부로 부를 수 없다는 것도 압니다.

끝내 나 그대를 부르지 않을 것입니다.
꽃이라 부르면 꽃으로 피어날 그대고
비라 부르면 비로 거리로 돌아와 내릴 그댄데

그대를 부르지 않는 것이
영원히 그대를 부르는 것이라
그대를 절대로 부르지 않을 겁니다.

제4부

서천 간다

풀뿌리마저 끙끙 앓는 엄동
빙판의 길을 지나간다.
서천 간다.
여기서 꽃 피지 않으면
그 어딘가 단호히 꽃이 핀다는
어느 시인의 말을 믿으므로
여기는 무화의 시절이므로
서천엔 꽃이 아니면 따뜻한 별꽃이라도
차가운 눈꽃이라도 소금꽃이라도
단호히 피고 지고 있을 것이므로
먼 네가 꽃으로 피는 곳을 찾아
가서는 쫄딱 망하더라도
서천 간다. 서천 가는 중이다.

너를 꽃이라 부르고 열흘을 울었다

비 추적추적 내리는 날 화무십일홍이란 말 앞에서 울었다.

너를 그 무엇이라 부르면 그 무엇이 된다기에

너를 꽃이라 불렀으니 십장생인 해, 산, 물, 돌, 구름, 소나무, 불로초, 거북, 학, 사슴 중에 학이거나 사슴으로 불러야 했는데

나 화무십일홍이란 말을 전엔 몰라 너를 꽃이라 불렀기에 울었다.

나 십장생을 몰라 목소리를 가다듬었으나 꽃이라 불렀기에 울었다.

단명의 꽃으로 불렀기에 단명할 사랑을 예감해 울었다.

사랑이라면 가볍더라도 구름 정도로 오래 흘러가야 하는데

세상에나 겨우 십 일이라니 십 일 동안 꽃일 너를 사랑해야 한다니

그 십 일을 위해 너를 꽃이라 불렀기에 너는 내게 와 꽃이 되다니

꽃에 취하다 보니 꽃그늘을 보지 못했다니 너를 꽃이라 부르고

핏빛 꽃잎 같은 입술을 깨물며 울 수밖에 없었다.

세상에 헤아릴 수 없이 많은 에메랄드, 진주, 비취, 사파이어, 마노, 자수정, 남옥, 사금석, 혈석, 카넬리안, 공작

석, 오팔, 장미석, 루비도 있는데 너를 때 되면 시드는 꽃
이라 부르고 울었다.

　지는 꽃보다 더 흐느끼고 이별의 사람보다 더 깊고 길
게 울었다.

심해에서

도대체 뭐가 문제일까
그대가 심해라 해도
숨 막히고 짜부라지고
눈알이 튀어나오고 내장이 터져도
다시 수면 밖으로 치솟을
부력이나 부레가 없더라도
지옥 한철이라 해도
그래도 내 한마디 말
이게 사랑이라면

풍년초 아버지

어머니 아버지에게 담배는 좋은 것 피우라 하셨다.
천식이라 자지러지게 하는 기침을 보고
누누이 말했지만 아버지는 풍년초만 피우셨다.

딴 담배는 맛이 없어서 피우지 않는다며
종이에 침 발라 풍년초를 말면서 늘 그러셨다.
어머니 아버지 몰래 풍년초를 버리고 아리랑 몇 갑
사다 놓으셔도 마술을 하듯 어느새 풍년초를 피우고 계셨다.

담배 가게 주인이 네 아버지 천식인데도
왜 아리랑 안 피우고 풍년초만 피우는지 아나
네 어머니가 사 간 아리랑을 풍년초로 바꾸러 와
아리랑 피우고 싶어도 풍년초만 피우면
아들, 사줄 공책이 한 달에 몇 권인데 하던 말을 전했다.

풍년초만 피워 천식 기침만 풍년이 져
숨 헐떡이며 힘들게 사시다 간 풍년초 아버지
아리랑 담배 멋대로 피우게 하지 못한
젊은 날 나의 가난한 기억에 지금도 목이 메는데

수국꽃 나라

어머니는 수국꽃의 어머니였습니다.
집을 비우고 멀리 갔을 때는 나의 안부보다
마당의 수국꽃을 물었습니다.

수국꽃이 하얗게 잘 피었냐고
이번 가뭄에는 시들거나 상한 것이 없냐고
바람에 고생하지 않더냐고 물었습니다.

그렇게 애지중지하던 수국꽃 마당에 두고
나보다 더 수국 편이었던 어머니 돌아가시자
어머니 그리운지 더 하얗게 타오르던 수국꽃

모처럼 고향에 와 평상에 드러누우니
집 안 가득 진동하는 수국꽃 냄새
어머니 이런 날 오라고 수국 심으셨나 봅니다.

어머니 저승에 가셔도 수국꽃을 심으셨는지
별도 수국을 닮았고 은하수도
수국꽃 무더기처럼 밤하늘로 흘러갑니다.

먼 밤새 울음도 수국 수국 수국 들려옵니다.
어머니 수국꽃을 사랑한 힘으로
수국꽃 나라 하나 우뚝 세워주고 가셨습니다.

짐승보다 못한 놈

초등학교 고학년 때 학교 갔다 오니
빈집 마당 가운데서 우리 집 개 누렁이가
내가 미워하는 뒷집 순이네 개와 흘레붙어 있었다.
얼마나 놀랐는지 싸리비를 가지고 휘둘렀다.
어쩌다 떨어져 뒷집 개는 달아나고
누렁이는 마루 밑에 주눅 든 듯 숨었다.
엄마가 우물터에서 돌아와 내가 한 일을
어떻게 눈치챘는지 말 못 하는 짐승을
그렇게 모질게 때리면 되느냐며 누렁이의 머리를
가만히 쓰다듬으며 눈물을 보였다.
누렁이가 미운 짓을 했기에 싸리비로
몇 대 때렸는데 엄마가 오자 구사일생한 듯
구세주를 만난 듯 슬픈 눈으로 엄마에게 낑낑대며
고자질한 누렁이 때문에 결국 아버지가 퇴근한
저녁에도 밥을 먹다가 말고 밖으로 쫓겨났다.
짐승보다 못한 놈이란 아버지 목소리가
쫓겨 달아나 오른 강아지풀 언덕까지 따라왔다.
멋모르는 누렁이도 언덕까지 따라와
눈물 번진 내 뺨을 삭삭 핥아주었다.

푹푹 썩는 시

때가 되면 푹푹 썩는 시를 쓰라고 어머니 말씀하셨지요. 시보다 더 고운 꽃도 때가 되면 시들고, 떨어지고, 썩어서 흙이 되어 다음 해 더 좋은 꽃을 피운다고, 좋은 시도 때가 되면 푹푹 썩는 시여야 한다고, 시인도 아니고 소설가도 아닌 어머니가 말씀하셨지요. 시는 썩을 수도 없고, 썩어서도 안 된다는 나는, 늘 고개를 갸우뚱거리며, 어머니 말씀의 진위를 알고 싶어, 어머니에게 되물었지요. 그러면 썩은 것은 거름이 된다는 것, 흙이 된다는 것, 호박 구덩이에 겨울이어도 생똥을 늘 들이부은, 상복이네 호박잎이 왜 다른 집보다 더 넓고 푸른지, 호박도 왜 크고 단지를 아느냐고 물어왔을 때야, 어렴풋이 어머니 말씀의 뜻 짐작했지요. 봄 언저리에서 푹푹 썩은 똥은 냄새도, 뭐도 다 사라진 거름이나 흙이 되어, 호박 넝쿨이 줄기차게 뻗게 힘을 보탠다는 것을, 나 아직도 푹푹 썩는 시를 쓰지 못해, 어머니 전상서에 시 한 편 적어 보내지 못했는데요. 잘 썩는 똥보다 못한 내 시란 생각이 자꾸 들어, 울화통이 터지는데요. 지금도 푹푹 썩는 시를 쓰라는 어머니 말씀 귓가에 맴돌아 환장할 것 같은 봄날인데요.

에버그린을 위하여

고층 아파트 외벽 외줄에 사람이 매달려 있다.
에버그린이라는 글자를 쓴다고 매달려 있다.
외줄에 그의 심장과 호흡, 그의 위와 식도와 희망
그의 가족사와 그의 하루를 매달았다.
외벽을 때리는 바람에 그가 출렁일 때마다
그와 함께 매달린 그의 옷소매가 그의 추억이
그의 피가 그의 눈빛이 그의 발과 손이 순간 출렁한다.
그가 믿는 것은 저녁이면 도시 외곽에서
아직도 밥 짓는 연기 피어올라 그를 부르는
뒤란에 샘 솟고 머윗잎 푸른 집이 아니다.
오늘도 잘 갔다 오라고 아기를 안고 집 밖까지 나와
배웅하던 알뜰한 그의 아내도 전혀 아니다.
그가 멀리서도 잘 보이게 써가는 에버그린도
그와 생사고락을 같이 해오는 페인트 통도 아니다.
오직 그가 믿는 것은 그를 지상으로 놓칠까
팽팽하게 긴장한 외줄 하나, 이리저리 엮어져
질긴 속을 가진 고층 빌딩 옥상에서 아래로 내린
다래 넝쿨 같은 외줄 하나, 그가 가진 삶의 무게가
그의 체중보다 몇 배 더 나가는 것을 아는 외줄 하나
그가 바람 속에서 진땀 뺄수록 조금씩 완성되어 가는

에버그린, 늘 푸른, 상록수라는 의미
작업을 중단해도 좋은 예상하지 않은 바람 속에서
딱정벌레처럼 외줄에 매달린 그가 외벽에 붙어
조금씩 써가는 에버그린이란 말은 시위의 구호 같다.
제발 에버그린 하라는 강한 메시지의 구호 같다.
바라볼 때마다 내 등골을 서늘히 훑고 가는 긴장감

절교도

절교도의 강력한 교주 아버지를 맹신한 어머니도 세상과 절교를 하고

자식을 아비어미 없는 고아로 만들었다.

태교로 내가 세상을 조금씩 느낄 때마다 아버지가 절교를 선언한 구름이

밤하늘 참죽나무 끝에 떠돌고 아버지가 절교를 선언한 먼바다는

혼자 철썩이다가 고래와 함께 잠들었다.

아버지는 명절에 모인 자식에게 사자로 제삿밥 드시러 와 촛불을 가만히

흔들어대는 할아버지가 유언 한마디도 없이 침묵으로 선언한 절교에 대해

그때 대청마루까지 들이찬 막소금 같은 눈발에 대해 나직하게 말씀해 주셨다.

이별은 만남이 전제되기에 절교보다는 낮은 단계의 수순

강력한 절교가 우리 집에 누대로 이어져 내가 어머니와 탯줄을 끊고

어머니 육신과 절교를 선언했듯이 결국 혈연도 지연도 절교 앞에는 무능력

무기력하다며 어머니도 단호하게 절교를 선언하고 내 곁

을 떠나셨다.

　따지고 보면 절교를 선언하는 오늘의 바람 속에 풍경 속에 자작나무 숲 곁에서

　먼지같이 떠도는 나여서 무엇이 먼저 절교를 선언하기에 앞서

　절교도 교주인 아버지의 강력한 후계자라 절교의 선수를 칠 수밖에 없다.

　절교를 선언해 버린 이름 몇 무덤 상석에 앉아 검은 새로 울더라도

　잘 가라 하루를 이루었던 것들아, 내일이 있지만 오늘은 여기서 절교라고

분꽃

나는 분꽃을 할머니꽃이라 부른다.

봉투에 할머니꽃이라 쓰고 해마다 서랍에 갈무리해 두면

다음 해에 마당에서 담 밑으로 동네 경로당 앞으로

할머니 걸음걸이로 한 발 한 발 걸어 나가서 핀다.

책상에 앉아 책을 읽을 때면 서랍의 분꽃 씨앗에서 할머

니 숨소리가

웃음소리가 후렴구처럼 살아나 내 겨울 독서는 즐거웠다.

손녀를 치장해 주듯 각색의 꽃으로 세상을 곱게 치장해

주는 할머니 마음

겨울 깊어도 서랍 속에서 까만 씨앗으로 잠들어 있었다.

여름 내내 그 많이 피었던 꽃을 지우산처럼 안으로 접고

캄캄한 서랍 속에 곤히 잠든 할머니 꽃씨 분꽃 씨

생각만 해도 볍씨 몇 말 잘 갈무리해 둔 것같이 마음이

넉넉해졌다.

할머니 돌아가신 지 이젠 아득하나

올해도 할머니 모습이 건강하게 분꽃으로 송이송이 피

는 여름이 왔다.

할머니 파안대소가 해마다 분꽃으로 피어나 세상을 밝

히므로

여름 한철은 장마도 어둡거나 눅눅하지 않고 밝았으며
지금은 조금 지친 것 같지만 씨앗으로 잘 여물어있다.
나는 할머니 마음이 한 톨도 땅에 떨어지지 않도록
조심조심 봉투 안에 넣는다.
가끔 한 톨만 입에 넣고 물과 마시면
내 꿈속 분꽃 한 그루 고목처럼 자라리라 생각한다.

여전히 개 같은 날들의 기록

개 같은 날들을 기록하는 사내가 있다.

시골로 내려가 파초 이파리에 새파란 하늘 모서리에

허기지나 빈틈없는 정신으로 전심전력으로 개 같은 날이므로

세상의 소식이 들려올 때마다 명아주 그림자처럼 흔들리다가

세상에 저런, 저런 하다가 인간 말종들이라 하다가

그는 한 몸이 된 듯 앉은 의자에서 개 같은 날을 기록한다.

청무 굵어갈 때 논병아리 우는 날에도 기록한다.

남의 눈에 피눈물 흘리게 하는 개 같은 놈

자신도 언젠가 반드시 피눈물 흘리게 될 것이라며

내 울던 골에 너도 울게 될 거라며

벼가 끝없이 물결치는 벌판 위에다 모호한 안개에다

소쩍새 울음 위에 경칩이 뜨거운 울음 속에

개 같은 날을 천천히 기록하는 것이다.

잉크 같은 가슴에 펜을 푹 담갔다가 기록하는 것이다.

개 같은 날을 보면 울분이 터져 도저히 절필할 수 없다는 사내

여전히 개 같은 날이므로 여전히 기록할 수밖에 없다며

비바람 휘몰아쳐 창문 덜컹거리는 밤도 개 같은 날이라

잠들 수 없다는 사내 심장을 쥐어짜는 고통 속에서
　그리움을 환히 밝힌 채 여전히 개 같은 날을 기록하고
있다.

어미의 마음

　죽은 새끼 품고 다니는 원숭이를 본 적 있나. 죽었지만 죽었다고 인정하고 싶지 않은 심정, 죽었다 생각하면 정말 죽어버릴 것 같아 털을 고르며 몸이 썩어 축 처져 내릴 때까지 온갖 악취나 절망을 모른 체하며 새끼에 매달려 반쯤 죽어있는 어미 원숭이, 다른 원숭이가 뺏어 멀리 버릴 때까지 죽음을 인정하지 않는 어미, 이 땅의 모든 어미도 그렇다는 것을, 자식이 죽으면 가슴에 묻고 날마다 어르고 씻기고 다정하게 부르고 눈물짓는다는 것을, 끝내 자식 먼저 앞세우지 않겠다는 어미의 마음을, 가슴에 묻은 자식에게 준다고 맛있는 것 함부로 먹지 못하고 신나는 일마저 부끄러워하는 자식을 가슴에 묻은 어미들, 사월 초파일날 절에 몰래 가 자식의 명복을 빌고 한참 울고 오는 이 땅의 어미들, 그런 어미를 누구나 가지고 있다는 생각 막차처럼 놓친 적 있나. 앙가슴에, 억장 무너지는 가슴에, 돌무덤 같은 가슴에 먼저 앞세운 자식을 묻은 어미들, 별 푸른 밤이 오면 아가야, 오늘 밤 별이 너무 곱다며 한번 고개를 들어 바라보아라. 속삭이는 어미, 이 세상 모든 어미의 마음 늘 그렇다는 것을 알기는 아나

그리운 심부름

나는 아버지가 잔에 따르는 막걸리 쪼르르 소리가 좋아

아버지 술심부름 여우가 운다는 아리랑 고개를 넘어가도 좋았다.

달리면 넘쳐 쏟아질 것 같고 넘치지 않게 하려면 느리게 걷고

안절부절못하는 사이 뻐꾸기 울음 그치고 산 그림자 짙어져도

아버지 심부름하니 무섭지 않았고 아버지가 심부름 값으로 주는

용돈을 조금만 더 모으면 어머니 생일날 선물할 것 같다는

늦게 쓰는 일기장 속으로 앵두꽃이 하나둘 똑똑 지고 있었다.

오늘은 왠지 아버지 술 취해 부르던 아아 으악새 슬피 우는 가을인가요, 라는 그 노래 더럽게도 듣고 싶다.

금곡 가랑잎

경상도 포항시 북구 장기면 금곡리에 가랑잎 한 장 있다. 월남 참전 후 고엽제 환자가 되어 철사처럼 핏줄이 돋아난 자형 이제는 마른 잎맥처럼 돋은 핏줄로 바스락거리는 자형이 있다. 기골 장대했던 자형은 없고 가랑잎 한 장만 병상에 누워있어 왈칵 눈물이 났다. 자꾸 말라 바스락거리던 자형을 눈물로 적셔주다가 골다공증이 온 누나 이제는 눈물마저 잘 나지 않는다며 가랑잎 자형과 가랑잎처럼 말라 바스락거린다. 처남 왔느냐며 자형이 애써 짓는 미소 속에서 새벽 물꼬를 트러 나갈 때 금곡 넓은 벌판을 울리던 경운기 소리 논을 갈아엎던 트랙터 소리가 귓가에 아련히 들려오고 언덕을 가득 매운 콩밭에 바람 불 때마다 물결치던 콩이파리와 술패랭이꽃도 떠올랐다. 은어가 물살을 차오르던 개울에 자형과 투망질로 잡은 은어를 야생 들깻잎에 싸서 안주로 하여 마시던 맑은 금복주도 생각났다. 자형이 자꾸 뒤로 젖혀지는 얼굴을 가까스로 들어 나를 쳐다볼 때 지게에 소꼴을 잔뜩 베고 산을 내려오던 자형의 푸른 장딴지가 떠올랐으나 끝내 기운이 없어 고개를 가누지 못하고 잠든 자형 머지않아 운명의 바람이 훅 불면 금곡 가랑잎 한 장으로 붙잡을 수도 없는 저 먼 곳으로 굴러가 버릴 줄 안다. 자꾸 자형을 따라가려고 울고불고할 가랑잎이 된 누나의 사랑도 안다. 자형이 떠나가면 월남 참전 그 아픈 역사도 이쯤에서 끝났으면 한다.

달동네

오늘은 만월이라 달 아래 빙 둘러앉아
달동네 아래서 가져온 이야기 도란도란 나누면
풀벌레도 귀담아 듣는다고 울음 뚝 그치고
달마저 귀 기울인다고 달동네에 오래 머물고
밤참인 달 같은 호박전을 나누다 보면
뭐 하나 세상에 부러울 것이 없는 달동네
달동네 이야기가 시들해지기 전에 일찍 자리 뜬
새신랑 새색시 달덩이 같은 엉덩이 들썩이며
달이 점지해 주는 아이를 얻는다고 바쁘고

울음과 타자를 위한 푸른 고집

이형권(문학평론가)

1.

김왕노 시인은 자신을 고집쟁이라고 부른다. 시집을 열자 "시집을 천년 우물물 같은/ 푸른 시로 채우는 고집도 부렸다"(「시인의 말」)는 문장이 인상 깊게 다가온다. 시인이 말하는 "푸른 시"는 그가 이제까지 만들어온 시적 이력과 관계 깊다. 그는 그동안 『슬픔도 진화한다』 『말달리자 아버지』 『사랑, 그 백년에 대하여』 『아직도 그리움을 하십니까』 『게릴라』 『이별 그 후의 날들』 등의 시집을 간행해 왔다. 이들 시집에서 가장 빈도 높게 등장하는 시적 상상은 사랑과 그리움에 관한 것이다. 그러나 그의 사랑은 만나고 이별하고 슬퍼하는 등속의 일반적 문법이나 감상적 정념의 차원에 머물지 않는다. 그의 시에서 사랑은 인생에 대한 근원적 성찰과 사회 현실에 대한 비판적 인식, 그리고 우주 만물에 대한 통찰에 도달하게 하는 인식론적 매개이다. 그의 사랑은 이성애적인 에로티시즘에 근간을 두면서 존재와 생명, 자아, 가족, 타자 등에 대한 필리아를 향해 열려 있다. 뿐만 아니라 그의 사랑은 시적 자의식의 차원으로까지 깊어지는 모습을 보여 주기도 한다. 이러한 사랑과 시에 대한 "고집"이 바로 상록수처럼 늘 "푸른 시"의 정체라고 할 수 있다.

시인이 늘 "푸른 시"를 고집하는 이유는 세상이 푸름을 상실하고, 문명의 이기와 속악한 욕망으로 갈변된 곳이기 때문이다. 하여 "푸른 시"의 밑바탕에는 항상 세상을 향한 비판적 결기와 부정적 인식이 자리를 잡고 있다. 그의 시에서 간혹 거친 언어와 직접적인 표현이 등장하는 경우는 대부분 그러한 인식과 관계 깊다. 그러나 그러한 인식은 늘 "푸른" 세상을 향한 시적 상상의 모티브로 작용한다. 이때 그의 시는 비로소 심오한 사유와 세련된 표현을 획득하면서 시적 진실에 다가간다. 시인이 시를 쓴다는 것은 거짓의 빛바랜 세계를 버리고 진실한 푸름의 세계를 지향해 가는 일이다. 즉 진정한 시인은 "푸른 시"(「심야극장 앞을 지나며」)로 명명된 시적 진실을 찾아 떠도는 영원한 보헤미안으로서, 항상 "가진 세상을 두고 가지지 못한/ 세상으로 떠나려는 푸른 항구"(「두 개의 세상」)에 서성이는 존재인 것이다. 이러한 "푸른 시"의 세계를 지배하는 것은 역설의 원리이다.

때가 되면 푹푹 썩는 시를 쓰라고 어머니 말씀하셨지요.
시보다 더 고운 꽃도 때가 되면 시들고, 떨어지고, 썩어서
흙이 되어 다음 해 더 좋은 꽃을 피운다고, 좋은 시도 때
가 되면 푹푹 썩는 시여야 한다고, 시인도 아니고 소설가도
아닌 어머니가 말씀하셨지요. 시는 썩을 수도 없고, 썩어
서도 안 된다는 나는, 늘 고개를 갸우뚱거리며, 어머니 말
씀의 진위를 알고 싶어, 어머니에게 되물었지요. 그러면 썩
은 것은 거름이 된다는 것, 흙이 된다는 것, 호박 구덩이에
겨울이어도 생똥을 늘 들이부은, 상복이네 호박잎이 왜 다
른 집보다 더 넓고 푸른지, 호박도 왜 크고 단지를 아느냐
고 물어왔을 때야, 어렴풋이 어머니 말씀의 뜻 짐작했지요.
　　　　　　　　　　　　　　　　　　　—「푹푹 썩는 시」부분

　　이 시의 핵심은 "때가 되면 푹푹 썩는 시를 쓰라"는 "어
머니 말씀"이다. 이 "말씀"은 "고운 꽃"도 썩어야 "다음 해
더 좋은 꽃을 피운다"는 자연의 원리를 "시"의 원리와 동일
시한 것이다. "호박 구덩이에 겨울이어도 생똥을 늘 들이부
은, 상복이네 호박잎이 왜 다른 집보다 더 넓고 푸른지, 호
박도 왜 크고 단지를 아느냐"는 질문도 그러한 원리를 비유
하고 있다. 이는 한 생명이 죽음으로써 새 생명이 탄생한다
는 역설적 존재론, 일상의 언어를 버려야 시적인 언어를 얻
을 수 있다는 역설적 시론의 경지와 다르지 않다. "나"에게
이러한 원리를 깨닫게 해 준 이가 "시인도 아니고 소설가도
아닌" 농사꾼 "어머니"라는 사실은 주목을 요한다. "어머
니"의 삶이 그랬던 것처럼, "나"는 자연 원리와 인생 체험에

서 우러나오는 진솔한 시를 쓰겠다는 의지를 피력한 것이기 때문이다. 김왕노 시인이 말하는 "푸른 시"는 바로 그러한 시를 의미하는 것일 터, 화려한 수사나 관념적 작위를 거부하면서 체험적 진솔성을 일관되게 추구하는 김왕노 시인의 시를 '푸른 고집'이라고 불러도 되겠다.

2.

이 시집에 들어서면 어디선가 길고 깊은 울음소리가 들려온다. 시인은 "어제도 울었다. 슬프지 않은데도 울었다. 울 때가 아닌 데도 울었다. 울음 한철이 아닌데도 울었다. 울다 잠들면 잠들어도 울었다. 꿈속에 나가 울음이 강물을 이룰 때까지 울었다. 내 안에 수천수만 톤의 울음이 출렁이는 것에 놀라며 울었다. 울려고 태어난 것처럼 울었다. …(중략)… 시도 때도 없이 운 것이 아니라 사실 그리울 때마다 울었다"(「그리울 때마다 울었다」)고 고백한다. "울음"은 "울음이 강물을 이룰 때까지" "울려고 태어난 것처럼" 울었다는 고백으로 보건대 항상성을 띠고 있다. 그리고 "울음"은 맹목적인 것이 아니라 "그리울 때마다"라는 전제에 의해 그리움의 항상성과 연관된다. 시인은 언제나 그리움 속에서 살았고, 그것을 원인으로 하여 항상 울면서 살아왔다는 것이다. 이처럼 그리움이 "울음"과 한 몸이라면 그것은 과연 어디에서 연유하는 것일까 궁금해지지 않을 수 없다.

뱀이여. 네가 원죄로 철철 우는 붉은 밤

네 울음을 채찍으로 들고 나를 후려쳐라.

온몸에 감기며 벌겋게 남겨 주는 살점 묻어난

뱀 무늬로 원죄로 우는 너만큼 나도

내 죄를 울며불며 붉은 밤을 건너고 싶다.

걸어온 날을 뒤돌아보면

원죄로 우는 것보다 더 울어야 하는

더 아파해야 하는 나인 것을

울음의 채찍으로 피 걸레가 될 때까지

끝없이 나를 내려쳐라. 참혹에 거침없이 이르게

지금은 붉은 밤의 시간, 원죄로 울기 좋은 밤

너만 울고 나는 울지 못하는 밤이어서

너만 아프고 내가 아프지 않은 것이

더 살 떨리고 뼈저린 일이기에 뱀이여.

울음의 거대한 채찍을 쇠사슬처럼 들고서 쳐라

휘청거리다 맥없이 내가 쿵 넘어지게

끝없이 후려쳐라, 사정없이 후려쳐라, 뱀이여.

—「붉은 밤」전문

　"나"는 "뱀"을 호명하면서 울음을 울지 못하는 자신을 자책하고 있다. "원죄로 철철 우는 붉은 밤"은 실존적 인간 존재를 표상한다고 볼 수 있다. 인간은 근본적으로 원죄를 짓고 살아가는 존재이지만, 자신이 그런 존재라는 사실을 인식하면서 살아가는 사람은 많지 않다. 그러나 이 시에 등장하는 "뱀"은 자신의 그러한 운명을 자각하고 그것을 "울음"으로써 성찰하는 존재이다. 중요한 것은 시의 주인공인 "나"가 그러한 "뱀"의 존재를 인식하고 자기 자신도 "울음"의 주인공이 되고 싶다는 점이다. 하여 "울음의 거대한 채찍을 쇠사슬처럼 들고서 쳐라"고 요구하고 있다. 왜? "나"는 자신이 울어야 하는 이유를, "걸어온 날을 뒤돌아보면/ 원죄로 우는 것보다 더 울어야 하는/ 더 아파해야 하는" 존재이기 때문이다. 원죄 때문에 우는 "뱀"보다 자신이 "더 울어야" 한다는 고백은 "나"의 삶이 "원죄"보다 더 많은 죄를 지었다는 말과 다르지 않다. 사실 인간의 죄 가운데 원죄보다 근원적인 죄는 없을진대 자신이 그보다 더 큰 죄를 지었다는 말은 지나친 과장으로 들릴 수도 있다. 하지만 그 말은 고백의 진정성을 고양시켜 준다고 볼 수도 있다. "나"는 원죄뿐만 아니라 한 인간으로서 살아온 삶의 과정이 죄였다고 고백하면서 우는 것이기 때문이다. 이때 "나"의 "울음"은 외부 세계의 자극에 의해 발생하는 "울음"이 아니라 자발적인 울음, 즉 실존적인 울음이 된다. "나"는 울음을 자신의 비루한 삶에 대한 깊은 성찰의 매개로 삼은 것이다.

한편 울음은 사랑의 깊은 감각과도 관련된다. 사랑과 관련된 이야기는 보통 '사랑-이별-울음'의 과정을 거치는 것이 일반적이다. 한때 뜨겁게 사랑했던 사람이 떠나가고, 그에 대한 그리움에 울음을 우는 것이 보편적인 울음의 생리학이다. 그러나 이 시집에서의 사랑과 울음은 그런 것과 다르다. 이 시집에서 들려오는 울음은 단지 슬픈 감정의 표현이 아니라, 인생에 대한 생각과 느낌을 깊고 넓게 하는 정

신적 기제이다. 이러한 울음은 감정의 발산을 넘어 인간다
운 삶의 감각을 풍요롭게 해주는 매개체이다.

사랑이라면 가볍더라도 구름 정도로 오래 흘러가야 하
는데
세상에나 겨우 십 일이라니 십 일 동안 꽃일 너를 사랑
해야 한다니
그 십 일을 위해 너를 꽃이라 불렀기에 너는 내게 와 꽃
이 되다니
꽃에 취하다 보니 꽃그늘을 보지 못했다니 너를 꽃이라
부르고
핏빛 꽃잎 같은 입술을 깨물며 울 수밖에 없었다.
세상에 헤아릴 수 없이 많은 에메랄드, 진주, 비취, 사파
이어, 마노, 자수정, 남옥, 사금석, 혈석, 카넬리안, 공작
석, 오팔, 장미석, 루비도 있는데 너를 때 되면 시드는 꽃이
라 부르고 울었다.
지는 꽃보다 더 흐느끼고 이별의 사람보다 더 깊고 길
게 울었다.
　　　　　　─「너를 꽃이라 부르고 열흘을 울었다」 부분

나 어릴 때 돌아가신 네 아버지 부르며 비린 눈물 좀 흘
리며
속이 후련하도록 울고서 집으로 돌아올게

너는 네 아버지 돌아가셨을 때 곡도 울지도 잘 못하더니

불효막심한 놈 같더니만 네 심정 알아, 울어본 사람이
우는 거야

사람 팔자 시간문제라. 너를 위해 내가 울 날이 있을지도
몰라
사람이 사람다우려면 뭐 별 뾰족한 수가 있느냐
울 때 울고 웃을 때 웃고 눈물을 보일 때 보이는 거야

사람이 잘 산다는 것은 울고불고하며 생에 눈물 조금 보
태는 거야

—「만추」 부분

앞의 시구는 "비 추적추적 내리는 날 화무십일홍이란 말
앞에서 울었다"로 시작하는 시의 뒷부분이다. "나"는 사랑
하는 사람을 "꽃"이라고 부른 스스로의 어리석음 때문에
"이별의 사람보다 더 깊고 길게 울었다"고 고백한다. "나"가
"너를 꽃이라 불렀다"는 것은 사랑의 본질을 깨닫지 못한 어
리석음을 함의한다. "화무십일홍花無十日紅"은 말 그대로 속
세를 지배하는 부귀영화나 권력은 오래가지 못한다는 뜻인
데, "나"는 사랑의 대상인 "너"를 그러한 꽃으로 명명하고
살았음을 후회하고 있다. 더구나 "꽃에 취하다 보니 꽃그늘
을 보지 못했다"는 것은, 사랑을 화려한 외양으로만 생각하
고 그 이면의 진실을 망각하고 살아온 어리석음 때문에 울
고 있다고 한다. 이때 주목할 것은, "나"의 울음이 외부적

인 상황에 의해서 피동적으로 주어진 것이 아니라 자신을 성찰하는 데서 스스로 만든 것이라는 사실이다. 울음이 진실한 사랑의 의미를 깨닫게 해주는 자발적, 성찰적 기능을 담당하고 있는 셈이다.

뒤의 시에 등장하는 어머니 역시 자발적 울음의 주인공이다. 이 시는 화자인 어머니가 청자인 "나"를 대상으로 하여 시적 진술을 하고 있다. 어머니는 집을 나서면서 "네 아버지 부르며 비린 눈물 좀 흘리며/ 속이 후련하도록 울고서 집으로 돌아올게"라고 말한다. 보통 울음이란 죽은 이의 무덤에 가서 그를 회억하면서 드러나는 정념의 표현일 터인데, 어머니는 미리부터 울음을 작정하고 집을 나서고 있는 점이 특이하다. 주목할 것은 울음이 어머니의 "속이 후련하"게 해주는 카타르시스의 기능을 한다는 사실이다. 어머니는 자발적 울음을 통해 자신의 삶을 깊이 성찰하고 세상을 사는 지혜와 에너지를 얻는 것이다. 이런 점에서 "사람이 잘 산다는 것은 울고불고하며 생에 눈물 조금 보태는 거"라는 시의 결구는 의미심장하다. 어머니는 "눈물" 혹은 울음이 속 깊은 인생을 살아가는 필요조건이라는 사실을 깨닫고 살아가는 인간적인, 너무도 인간적인 존재인 것이다.

이 시집에서 울음을 운다는 것은 또한 '나'의 안에 깃들어 있는 타자의 목소리를 드러내는 일이다. 울음은 자아에 대한 과도한 고집이나 나르시시즘의 정서를 극복하고, 동병상련의 마음으로 타자와의 공감으로 나아가는 일이다. 타자는 '나'라는 주체와는 다른 존재이지만, '나'가 존재하기 위해서는 반드시 필요한 존재이다. 타자는 서구 형이상학적 전통에서 우열 관계라고 곡해되어 온 인간/자연, 남성/여성, 정신/육체, 이성/감정, 의식/무의식, 서양/동양 등의 이항대립에서 후자의 계열체를 의미한다. 탈구조주의철학은 이러한 타자의 가치를 적극적으로 수용하여 인간정신을 풍요롭게 해왔는데, 이 시집에는 이러한 타자를 호명하여 그들의 존재 가치에 공감하는 시상이 빈도 높게 나타난다. 먼저 내 안의 타자를 성찰하는 모습을 살펴본다.

어느 날 밤 먼 하늘을 건너오는 외로움을 못 견뎌 울부짖는 소리는 또 다른 내가 나를 부르는 목소리란 걸 금방알 수 있었다.

한때 나도 내가 너무나 외로워 벽에 머리를 짓찧는 자학으로 길고 깊은 겨울밤을 먼 나를 부르며 보낸 적이 있다. 먼 나란 나와 다른 나이지만 분명 하나의 뿌리를 가진 나이다. 인생이 이렇게 외로운 것은 잃어버린 나를 내가 찾지 못했기 때문이다. 어찌하여 나는 내게서 또 다른 나를 세상저편으로 보냈으며 나는 나로부터 또 다른 내가 되어 어떻게 어성초 푸른 이 밤으로 떠나왔을까. 서로가 떠나므로 반쪽의 나와 반쪽의 또 다른 내가 되어 불완전하므로 남은 생이란 원형의 복구로 하나의 나를 이뤄야만 하는 것

나는 또 다른 나와 수시로 교감을 나누는 것이다. 내가울적할 때 또 다른 나도 울적한 것이다. 분리될 수 없는 감

정의 끈을 본능처럼 흔들어대므로 나와 또 다른 나와의
감정이 합일점에 이른다. 내가 또 다른 나를 떠나왔으므
로 껍질인 듯 남은 또 다른 내 안으로 귀환하는 꽃 피는 날
도 있을 것이다. 합체에 이르러 비로소 별을 향해 발돋움
하거나 하지 감자꽃 필 무렵 비로소 하나가 된 우리가 도
시 외곽으로 야유회도 갈 것이다. 지금은 다만 볍씨 같은
꿈을 가슴에 묻고 움츠려야 할 때 그리움만 나무처럼 일어
서서 또 다른 나에게 끝없이 몸을 털어대며 푸른 텔레파시
를 보내야 할 때

— 「도플갱어」 부분

이 시에서 "도플갱어"는 "나"의 타자이다. 인간의 내면세
계는 주체라고 일컬어지는 "나" 이외에 이질적인 타자들이
다양하게 공존한다. 가령 선한 나와 악한 나, 이성적인 나
와 비이성적인 나, 진실한 나와 거짓된 나 등이 공존한다.
만일 어떤 사람이 자신은 절대적으로 선하고 이성적이고 진
실하다고 믿는다면, 그러한 믿음은 아집이 되고 편견이 되
어 자신의 삶을 왜곡하고 기만하기 마련이다. 오히려 악하
고 비이성적이고 거짓된 나도 존재한다는 사실에 대한 정직
한 인식이 인간적이고 진실한 자신의 실체에 다가가게 한
다. 이 시의 "나"는 그러한 이질적인 속성을 공유한 자신의
실체를 인식하고 있다. 그래서 "나"는 "또 다른 내가 나를
부르는 목소리"에 귀를 기울이면서 "먼 나는 나와 다른 나
이나 분명 하나의 뿌리를 가진 나"라고 한 것이다. 같은 맥

락에서 "인생이 이렇게 외로운 것은 잃어버린 나를 내가 찾지 못했기 때문"이라는 진술은 흥미롭다. 가령 현실에 지나치게 얽매여 사는 "나"가 낭만적인 자아를 찾아서 함께 살아가는 것은 외로움에서 탈출하는 지름길이다. 따라서 "또다른 나에게 끝없이 몸을 털어대며 푸른 텔레파시를 보내야 할 때"라는 진술은 "나"의 안에 존재하는 타자의 가치를 충실히 인식했음을 증명한다.

타자는 '나'의 안뿐만 아니라 '나'의 밖에도 존재한다. 어느 사회이든 다수자의 범주에서 벗어나 있는 소수자로서의 타자가 살아가고 있다. 문제는 다수자 혹은 주류 계층의 사람들이 타자의 존재에 대해 부정적으로 생각한다는 점이다. 그러나 타자는 스스로 사회의 주체 혹은 주류라고 자부하는 사람들에게도 필요 불가결한 존재이다. 타자와 소통하면서 함께 살아가는 주체의 삶이 타자를 배척하는 주체의 삶보다 훨씬 풍요롭기 때문이다. 그래서 시인은 사회적 타자를 발견하고 그에게 따뜻한 시선을 보낸다.

늦은 저녁을 준비하는 집에 어둠이 왔다. 자주 생살구가 지붕에 떨어져 살아있나 죽었나 안부를 묻고, 지병인 그리움이 또 도진 참죽나무 숲은 뒤란에서 아프다. 꼭꼭 여며도 바람 드는 세월, 삼꽃 피는 날, 백 년 우물물을 길어 벌컥벌컥 마시면 오늘의 갈증은 말끔하다. 탁발을 나섰던 동자들이 저무는 골목을 따라서 돌아오고, 산제비는 깎아지른 절벽의 둥지로 돌아갔다. 생각하면 눈시울 젖는 살림살이, 별빛의 온기마저 가만히 거두어 구들장 식은 안방으로 들이고 싶은 마음, 켜켜이 포개어 잠든 어둠마저 어린 자식처럼 정겨운데, 단수와 단전이 된 집이지만 늦은 저녁상을 물리면 단 하나 남은 촛불로 환해진 집, 밤이 깊어지자 캄캄한 집, 한 땀 한 땀 사랑을 박음질하는 소리만 새싹처럼 돋아나고 있다.

—「몽환의 집」 전문

이 시는 가난한 집에 찾아드는 역설적인 행복감을 노래한다. 시의 배경인 "늦은 저녁을 준비하는 집"은 "단수와 단전이 된 집"이라는 표현으로 드러나듯이 매우 가난한 집이다. 그러나 가난한 집이라고 해서 인간다운 삶이 불가능한 것은 아니다. "지병인 그리움"을 "아프"게 감각할 수 있고, "살꽃 피는 날"처럼 아름다운 시절도 있고, "백 년 우물물"이 "오늘의 갈증"을 해소해 주기도 한다. 그 집 주변에서는 저녁이 되면 "탁발을 나섰던 동자들"과 "산제비들"도 저의 집으로 돌아가는 평화로운 풍경이 펼쳐진다. 비록 "단수와 단전"으로 생활이 힘겹지만, "늦은 저녁상을 물리면 단 하나 남은 촛불로 환해진 집"에서는 "사랑을 박음질하는 소리만 새싹처럼 돋아나고 있"는 곳이다. 가족들을 위해 늦은 밤까지 쉬지 않는 아낙의 재봉틀 소리가 오히려 "사랑"의 메아리로 들리는 것이다. 아무리 가난해도 가족과 생명과 인간을 위한 "사랑"이 넘치는 "집", 그 "집"은 분명 어떤 부잣집보다도 행복한 역설적인 "집"이라 할 수 있다. 이러한 "집"

에서 살아가는 사람과 유사한 타자는 다른 시에서도 "월출이 형"이라는 이름으로 다시 등장한다. 즉 "월출이 형 까치로 형수인 암까치 데리고 아파트 단지 참죽나무 숲에 무허가 집 한 채 짓고 사는 것 안다. 사람 좋은 월출이 형"(「월출이 형」)이 그 사람이다. "월출이 형"은 비록 가난하지만 그 누구보다도 우직하고 인간성이 풍부한 사람인데, 시인은 이러한 사회적 타자를 호명하여 세상에 대한 시적 인식을 확장하는 매개로 삼고 있다.

　타자는 역사적 차원에서도 존재한다. 근대적 역사관에 의하면 역사의 전개 과정에서 주체의 역할을 하는 것은 언제나 현실에서의 승자 혹은 주류 계층이었다. 지배 계층들은 스스로 역사의 주체라고 명명하면서 타자인 민중을 역사의 중심에서 추방하고자 했다. 지배 계층은 자신들의 부패와 무능과 독선에 의한 역사의 시련을 언제나 민중에게 떠맡겼다. 그러나 이러한 지배 계층에 저항하면서 새로운 역사의 발전을 이루어온 것은 타자의 정신 혹은 혁명의 정신이었다. 이 시집에서 호명된 "봉준이"는 그러한 역사적 타자이다.

> 꽃 한번 피는 것이 얼마나 어려운지 아는데
> 녹두꽃이 핀단다.
> 어렵게 어렵게도 광음을 헤치면서 핀단다.
> 큰 산보다 더 큰 산, 왕보다 더 큰 왕인 봉준이
> 봉준이가 보고 싶다고 봉준아, 봉준아 하며

저 궂은 날씨 속에서도 제 빛깔로

어렵게 피는 녹두꽃들, 봉준이가 아꼈던 인내천도

녹두꽃처럼 피어나 저리도 환한데

나는 정신도 뭐도 이념도 없이 흐리멍덩한데

어둠이 목 죄어도 비바람이 시샘해도

봉준아, 봉준아 우리 봉준아 하며 녹두꽃이 핀다.

삼남에 고부에 완산에도 죽창처럼 깎아지른

정신으로 보리가 푸른데 녹두꽃이 핀다.

봉준이 찾아 헤매는 봉준이 어머니 목소리도

무너지는 하늘을 떠받치며 어렵고 어렵게

녹두꽃으로 노랗게, 노랗게 피어난다.

—「그리운 봉준이에게」 전문

　이 시의 "봉준이"는 갑오농민전쟁의 영웅이었던 녹두장군 전봉준을 지시하고, "녹두꽃"은 그가 희생을 무릅쓰고 지키려 했던 혁명 정신을 상징한다. 그는 "죽창처럼 깎아지른/ 정신"의 소유자로서 부정한 역사에 대한 준엄한 저항과 타도를 위해 행동한 실천적 혁명가였다. 그는 조선말기의 무능한 왕권과 외세에 대항하여 민중이 주인 되는 새로운 역사를 쓰려고 했던 인물이다. 가령 "무너지는 하늘을 떠받치며 어렵고 어렵게/ 녹두꽃으로 노랗게, 노랗게 피어난다"에서 "녹두꽃"은 정의의 "하늘"을 추구했던 혁명가 전봉준의 정신을 상징한다. "큰 산보다 더 큰 산, 왕보다 더 큰 왕인 봉준이"라고 호명하는 것은 그의 정신과 행동의 위대성을 반영한 것이다. 시인은 이러한 역사적 인물에 대한 친근감을 표현하기 위해 "봉준이"라고 호명하고 있다. 뿐만 아니라 "나는 정신도 뭐도 이념도 없이 흐리멍덩한데"라는 고백은 전봉준의 위대한 혁명 정신을 도드라지게 강조하는 역할을 한다. 이처럼 이 시는 역사의 변두리에서 타자로만 맴돌던 민중의 가치, 인간 존중("인내천")의 가치를 옹호하고 있다. 역사 속의 타자를 발견하여 역사에 대한 인식을 풍요롭게 한 셈이다.

이 시집에 등장하는 또 하나의 타자의 영역은 심미적 낭만의 세계이다. 그곳은 냉철한 이성이 지배하는 현실세계의 타자로서 예술혼이 살아있는 세계이다. 그곳은 예술가들이 인생이 덧없음을 자각하면서 꿈과 환상을 통해 인생의 진실과 아름다움을 발견하는 곳이다. 예술세계는 하이데거가 말했듯이 진리의 비은폐성이 현현되는 곳으로서 예술가들은 그곳에서 심미적 감성과 새로운 상상을 통해 인생의 진리를 발견하고자 한다.

죽은 사람이 산 사람을 질질 끌고 가는 해변이구나.
말들이 날뛰는 해변에서 권태로운 고흐가 귀를 자르고
해바라기 끝없이 즐비한 언덕을 스쳐 유성처럼 흘러가
는 장대 열차
나는 보이는 세상만 세상인 줄 알았으나 이 몽환의 시
간이 좋구나.
바다를 향해 선 수목장한 나무에서 커다란 이파리가
얼굴로 돋아나 해풍에 파닥이는 이 신화 같은 날에

내 허기는 배로부터 오는 것이 아니라 애정결핍의 가슴
으로부터 온다.

난 숨어서 하는 은밀한 키스보다 긴 머리카락 나부끼는
바람 속의 키스를 오래전부터 꿈꿔 왔다.

이룬 사랑보다 이루지 못한 사랑 이야기를 경전처럼 읽
으며

그리움의 아슬아슬한 난간을 지나왔다.

보이는 일로 바빴던 것보다 보이지 않는 일로 바쁜

보이지 않는 세상으로 흘러가는 구름이나 꽃, 비나 비
행기와 배보다

보인다 하면 보이지 않는 보이지 않는다 하면 보이는 이
몽환의 세상

모래에 묻힌 하얗게 부푼 네 복숭아뼈처럼 아름답구나.
—「해변에서 시간」 전문

이 시에서 "해변"은 "죽은 사람이 산 사람을 질질 끌고 가
는" 초현실적 세계이다. 이때 "죽은 사람"이 현실 너머의 예
술적 초월자라면 "산 사람"은 현실 논리에 얽매여 사는 인간
이다. 그렇다면 "죽은 사람"은 예술적 감각이 살아있는 사
람이므로 일종의 역설적 존재라고 할 수 있다. 가령 "권태
로운 고흐가 귀를 자르"는 것은 현실의 상식에는 어긋나지
만, 현실의 비루함과 답답함에서 벗어나고자 하는 예술가
의 광기로 이해할 수 있다. "나"가 이러한 "고흐"의 비정상
적인 행동을 말하는 것은 "보이는 세상만 세상인 줄 알았"
던 "나"의 어리석음에 대한 성찰을 위한 것이다. 이때 "보

이는 세상"은 현실 논리와 투명한 이성이 지배하는 곳으로서 인간의 영혼이나 세계의 진리가 현현할 수 없는 각박한 세계이다. 그래서 시인은 "몽환의 시간"과 "신화 같은 날"이 지배하는 "보이지 않는" 현실 너머의 세계를 주목한 것이다. 그곳은 인상파 화가인 "고흐"가 "몽환"을 통해 진리에 도달하려고 했던 예술 세계이자 "이루지 못한 사랑"을 호출하여 반추해 보는 세계이다. 그 세계는 "고흐"가 실제로 고갱과의 불화, 창녀와의 관계 등으로 인해 광기와 자학의 삶을 살았던 곳이다. 그러나 "나"는 그러한 "광기"와 "자학"이 "고흐"의 개성적인 예술 세계를 창조하는 원동력이 되었다는 사실을 긍정적으로 보고 있다. 즉 "보인다 하면 보이지 않는 보이지 않는다 하면 보이는 이 몽환의 세상"에 대해 "좋구나" 또는 "아름답구나"와 같이 긍정적으로 인식한다. 인간 정신의 타자인 광기와 자학을 타락한 현실에 대한 저항 혹은 자기 갱신을 통해 새로운 세계로 나아가는 에너지로 본 것이다. 이러한 세계는 시의 세계이기도 해서 "노시인이 별을 깎고 새벽으로 담금질해 시를 만드는 애련리"(『애련리』)와 다르지 않다.

3.

이 시집을 읽으면서 우리는 많은 울음소리를 들었다. 이를테면 원죄를 간직하고 살아가는 속죄의 울음, 사랑의 실

패로 인한 자책의 울음, 불완전한 존재로 태어난 자로서의
실존적 울음, 곡절 많은 삶의 이력에서 오는 번뇌의 울음,
가족의 죽음에서 오는 관계적 울음 등이 깊은 공명을 자아
낸다. 그러나 이런 울음소리들이 결코 슬프거나 고통스럽
게 들리지는 않는다. 울음이 단순히 슬픈 감정을 소비하는
행위가 아니라 인생에 대한 성찰과 카타르시스를 통해 새로
운 세계로 나아가게 하는 생산적 역할을 한다. 이러한 울음
은 내 안이나 내 밖에 존재하는 타자의 것이다. 이 시집에
등장하는 타자는 내 안의 또 다른 나, 가난하고 소외받은 사
회적인 소수자, 현실 법칙을 초월한 예술가나 시인 등이다.
이들은 이 시집이 더 넓고 깊은 시 세계를 구축하게 해준다.

　진정한 타자의 세계는 '나'의 내부뿐만이 아니라 '나'의 외
부에서도 타자와 주체의 구분이 없이 하나로 어우러진 세계
이다. 그곳에서는 인간과 자연, 시간과 공간의 경계마저 넘
어서는 조화로운 경지가 아름답게 펼쳐진다. 시가 궁극적
으로 지향하는 세계가 무갈등과 탈경계의 심미적 이상향이
라면 아래의 시는 그러한 세계를 표상한다. 그곳은 타자마
저 스스로 타자라는 사실을 망각하면서 다른 타자와 온전히
하나가 되는 세계이다.

　　유모차에 유머처럼 늙은 개를 모시고
　　할머니가 백 년 복사꽃 나무 아래로 간다.
　　바람이 불자 백 년을 기념해 팡파레를 울리듯
　　공중에 솟구쳤다가 분분이 휘날리는 복사꽃잎, 꽃잎

백 년 복사꽃 나무 아래로 가는 할머니의 미소가

신라의 수막새에 그려진 천년 미소라

유모차에 유머처럼 앉은 늙은 개의 미소도 천년 미소라

백 년 복사꽃 나무 아래 천년 미소가 복사꽃처럼 피어

나간다.

그리운 쪽으로 한 발 두 발 천년이 간다.

유모차를 밀고 가는 할머니 앞에

지퍼가 열리듯이 봄 길 환히 열리고 있다.

　　　　　　　　　　　　　—「복사꽃 아래로 가는 천년」 전문

이 시는 "복사꽃 나무" "할머니" "늙은 개"가 모여 일련의 환상적인 이미지를 전개한다. 이 이미지에 등장하는 것들은 현실의 시선으로 보면 모두 타자들이다. "복사꽃 나무"라는 자연과 "늙은 개"라는 동물은 인간의 타자이고, "할머니"는 젊은이의 타자이다. 그런데 이들 타자들이 만들어내는 세계는 아름답고 웅대하다. 그 웅대함은 타자들 사이의 경계와 시간의 층위가 사라졌다는 사실과 관련된다. 가령 "유모차에 유머처럼 늙은 개를 모시고/ 할머니가 백 년 복사꽃 나무 아래로 간다"는 광경은 인간과 자연, 동물의 경계가 사라진 모습이다. 나아가 현실과 "유머"의 경계, 시간과 공간의 경계마저 사라진 모습을 보여 준다. "백 년 복사꽃 나무 아래로 가는 할머니의 미소"와 "신라의 수막새에 그려진 천년 미소", 그리고 "유모차에 유머처럼 앉은 늙은 개의 미소"는 모두 "백 년 복사꽃 나무 아래"의 공간 속에서

"천년"이라는 시간을 넘어 공존하고 있다. 이러한 탈경계의 세계에서 "지퍼가 열리듯이 봄 길 환히 열리고 있다"는 결구는 의미심장하고 아름답다. 이 세계는 빈부, 귀천, 남녀, 종족, 세대, 지역 등에 따라 경계의 벽으로 인한 갈등과 비극이 사라진 세계이다. 이것은 절대적 아름다움의 세계 혹은 시적 유토피아라고 불러도 무방하다.

시적 유토피아를 향한 김왕노 시인의 푸른 고집은 앞으로도 변치 않을 것이다. 그 고집은 "보이지는 않으나 한때는 아우성이 들끓던 허공 궁전은/ 모국어로 부르는 내 노래에 화답해/ 하늘 이편에서 저편으로 건너는 우레 소리를 들려줄 것"(「허공 궁전」)이라는 믿음을 간직하고 있기 때문이다. 시인이 듣고자 하는 "우레 소리"는 비루한 현실세계를 버리고 심미의 세계를 얻는 데서 오는 시적 희열의 순간, 즉 에피파니의 기호이기 때문이다. 이 믿음은 "저 까마득한 허공은 빈 것이 아니다./ 곤줄박이의 울음과 할미새의 울음이 씨줄과 날줄로 촘촘히 짜여 있다./ 내 가슴에서 나부끼는 노래는 다 허공에서 얻었다"(위의 시)는 시적 인식을 바탕으로 한다. 이때 "허공"은 현실의 논리로 보면 아무것도 없는 곳이지만, 시의 감성으로 보면 "빈 것이 아니"라 "궁전"만큼이나 소중한 것들로 가득 차있는 곳이다. 이러한 "허공 궁전"에 대한 믿음은 비움으로써 채워지는 역설의 세계, 즉 시의 세계에 대한 굳건한 믿음과 다르지 않다. "허공 궁전"을 향한 이 고집스런 믿음, 이것은 시적인, 너무도 시적인 믿음이어서 믿음직스럽다.

시작시인선

좋은 시는 깊은 미궁을 지니고 있는 경우가 많다. 독자 스스로의 상상력으로 그 미궁의 근원을 찾아가면서 현란한 환희를 만나게 되는 경우가 있다. 그런 시를 만나면 눈이 환하게 밝아진다. 김왕노 작품들 속에서 그런 시편들을 만난다. 『복사꽃 아래로 가는 천년』이라는 표제의 시를 한 편 보기로 한다. "유모차에 유머처럼 늙은 개를 모시고/ 할머니가 백 년 복사꽃 나무 아래로 간다". 이 시의 첫 2행은 퍽 돌발적이면서도 익살스럽기까지 하다. "유모차에 유머처럼 늙은 개를 모시고"에서 이런 '익살'의 근원이 드러난다. 유모차에 실린 것이 유아가 아니라 "늙은 개"이며 늙은 개를 "모시고" 할머니가 꽃길을 가고 있기 때문이다. 따라서 이 시의 서두가 의미론적 변용을 겪는다. 그리고 이런 의미론적 변용은 뒤에 보이는 "신라의 수막새에 그려진 천년 미소"와 이어지면서 전후의 맥락이 아주 너른 함축을 지니게 된다. 늙은 개를 모시고 가는 할머니의 골계 풍경은 신라 천년의 수막새의 웃음과도 치환되는 것이다. 할머니에게서 보이는 '익살'이 천년의 시간을 거슬러 가서 천년 전 "수막새"의 웃음과 합일된다. 천년의 시간과 풍상을 한 편의 시 속에 온전히 담아낼 수 있는 능력은 퍽 귀한 것이다. 김왕노의 시편들이 보여 주는 깊은 인식과 견고한 구조력에 놀란다. 시집 간행을 축하하며 한국시사에 확연한 개성을 이뤄주기를 축원하는 바이다.

—이건청(한국시인협회 평의원, 한양대 명예 교수)

조선후기 판소리 팔 대 명창 가운데 한 분이 주덕기이다. 그의 별호는 벌목정정伐木丁丁이었으니 소리를 익히던 그의 정성과 장함이 이와 같았다는 뜻이리라. 시단에서 김왕노의 시가 바로 벌목정정의 그것이다. 좌충우돌 진창의 이미지를 힘차게 헤쳐 나와 창랑滄浪에 이르는 그의 시편들은 생명력으로 가득하다. 그가 내리찍는 이미지들은 살아서 꿈틀대며 도망을 가다가 다시 붙들려 와 선연한 상처를 남긴 채 문자화된다. 그 모든 상황을 그의 시를 빌려 말하면 "단숨의 사랑"이라 할 것이다. 그 "단숨"을 영원으로 끌고 가려는 지고지순하면서도 철없는 김왕노의 시편들이 '감감감 북을 치며(坎坎鼓我) 덩실덩실 춤을 추는(蹲蹲舞我)' 지경에 가까워지고 있음을 느낀다. 이제 사람을 벌처럼 불러 모아 술을 한잔 내시라.

—우대식(시인, 숭실대 국문과 겸임교수)

04810

ISBN 978-89-6021-441-5
978-89-6021-069-1 (세트)
값 10,000원